AF280837

Sebastian Fesser

Highspeed Money
Mein Leben auf der Überholspur

Der Autor:

Sebastian Fesser…

… Jahrgang 1977, in Lehrte geboren, der Stadt, in der die nachfolgende Geschichte spielt, ist als Immobilienmakler in Lehrte und Umgebung tätig.

„Highspeed Money – Mein Leben auf der Überholspur" ist sein erster veröffentlichter Roman

Die Serie:

In den Büchern der Serie „Highspeed Money" geht es um Aufstieg und Fall verschiedener Personen, gespickt mit Thriller- und Krimiaspekten und temporeich und spannend geschrieben.

Weitere Titel der Serie „Highspeed Money" von Sebastian Fesser erscheinen in Kürze:

Highspeed Money – Bongwasser
Highspeed Money – Der Traum vom schnellen Geld

Ausserdem in Arbeit:

Operation Nordstern

Besuchen Sie ihn auch im Internet unter

www.highspeed-money.de

Dieses Buch ist gewidmet:

Meinen Eltern Sophia & Peter Fesser,
meiner Schwester Silke Fesser
sowie allen, die in einer schweren
Zeit zu mir gehalten haben.

Die Deutsche Nationalbibliothek verzeichnet diese Publikation in der Deutschen Nationalbibliografie; detaillierte bibliographische Daten sind im Internet über http://dnb.d-nb.de abrufbar.

1. Auflage: Januar 2010

© 2010 by Sebastian Fesser, Lehrte
Herstellung und Verlag: Books on Demand GmbH, Norderstedt
Layout und Satz: Sebastian Fesser
Umschlaggestaltung: Sebastian Fesser, Philip Witscher
Foto Frontseite: tetastock by fotolia.com
Autorenfoto Rückseite: Aisha Lüer, Bearbeitung: Sabrina Wenzel

ISBN-13: 9783837085761

Anmerkung des Autors:

Bei der folgenden Geschichte handelt es sich um eine rein fiktive Geschichte, die in erster Linie unterhalten soll.

Daher sind Ähnlichkeiten mit lebenden (oder verstorbenen) Personen rein zufällig und nicht beabsichtigt!

Nun aber viel Spaß beim Lesen!

Es gibt nur einen Weg,
auf einem Seil den Abgrund
zu überschreiten.
Das Schicksal will es so,
dass man den Halt
verliert, wenn man nach oben
sieht, zum Himmel,
oder nach unten, in die Tiefe.

Franz Kafka

Prolog

Der Alarm weckt mich auf. Sicherlich ist das wieder ein Fehlalarm. Das passiert hier öfter mal, aber eine Flucht von hier ist fast unmöglich. Zu groß sind die Sicherheitsvorkehrungen und es ist sowieso alles kameraüberwacht. Auch durch die Eingangspforte ist eine Flucht nahezu nicht durchführbar, da es sich dabei um eine bewachte Schleuse handelt. Und die Mauer hier in der Justizvollzugsanstalt Sehnde ist mehr als fünf Meter hoch.

Auch mein Zellenpartner Omar wacht durch den Alarm auf. Omar hat noch sechs Jahre für versuchten Mord vor sich. Er flucht wegen der Störung und dreht sich wieder um, um weiterzuschlafen.

Mein Name ist Tom Neuendorff und ich bin ein Verbrecher. Ich habe eine Strafe von sechseinhalb Jahren für diverse Delikte bekommen. Mittlerweile komme ich mit dem Knastalltag recht gut zurecht. Einfach war das nicht immer gewesen. Aber nach fast drei Jahren habe ich mich an die Abläufe als Gefangener der Bundesrepublik Deutschland gewöhnt.

Alles hatte vor ca. vier Jahren ganz harmlos angefangen…

„Es tut mir leid, aber da kann ich leider nichts für Sie tun."
Die Frau vom Arbeitsamt setzte ein gleichgültiges Lächeln auf.
„Aber wie soll ich denn dann leben, wenn ich kein Geld habe",
fragte ich sie.
„Dann hätten Sie Ihre Unterlagen eben pünktlich abgeben
müssen."
Ich sah sie scharf an. „Ich habe Ihnen doch eben schon gesagt,
dass ich den verdammten Antrag schon vor über drei Wochen in
den Briefkasten bei Ihnen eingeworfen habe. Und ich muss
schließlich auch meine Sachen irgendwie bezahlen. Es wäre ganz
toll, wenn Sie prüfen könnten, wo dieser Antrag bei Ihnen
verschlampt wurde."
Jetzt war ich wirklich sauer. Nicht nur, dass mich die Termine
beim Arbeitsamt sowieso immer zur Weißglut trieben – nein,
nun war auch noch mein Antrag auf Weiterzahlung von meinem
Arbeitslosengeld II beim Jobcenter verschlampt worden. Ich war
extra noch bei strömendem Regen nachts mit dem Fahrrad zum
Arbeitsamt gefahren, um den Antrag, den ich zwischenzeitlich
wirklich vergessen hatte abzugeben, doch noch pünktlich
vorzulegen. Daher war ich jetzt verständlicherweise wirklich
nicht gut aufgelegt.
„Wir prüfen das und melden uns dann schriftlich bei Ihnen."
Ich merkte, dass die Mitarbeiterin des Arbeitsamts nun ihrerseits
ungemütlich wurde. Wie ich das hasste. Man stellt sich
stundenlang in eine Schlange, um dann schlussendlich doch mal
wieder zu keinem Ergebnis zu kommen. Nun hatte ich fast drei
Stunden auf dieses Gespräch gewartet, aber zu einem Ergebnis
waren wir auch jetzt wieder nicht gekommen. Und was noch
schlimmer war: Mein Geld war in diesem Monat nicht
gekommen, und nun hatte ich für den Rest des Monats lediglich
noch zwanzig Euro in der Tasche.
„Sie stellen sich das alles so einfach vor. Für Sie bin ich doch nur
eine Nummer, die Sie schnellstmöglich wieder loswerden wollen.
Ich bin Ihnen doch scheißegal!"
Ich war bei dieser Mitarbeiterin schon mehrfach gewesen und
jedes Mal hatte sich die Situation hochgeschaukelt.

„Das Gespräch ist damit dann auch beendet. Ich sagte Ihnen ja, dass wir das prüfen und Sie dann schriftlich von uns einen Bescheid kriegen. Guten Tag."

Ich stand auf und ging. Ein letztes „Scheißladen" ließ ich mir dann aber doch nicht nehmen.

Das war also meine Situation: Arbeitslos und pleite. Seit ich nach meiner Ausbildung zum Bürokaufmann arbeitslos geworden war, schrieb ich jetzt seit mehr als zwei Jahren Bewerbungen. Mehr als zweihundert Absagen stapelten sich bei mir zu Hause. Wenn es die Möglichkeit gab, fuhr ich bei meinem Freund Ahmet nebenbei Taxi. Ahmet war jemand, den ich wirklich bewunderte. Vor zehn Jahren hatte er mit nur einem alten Taxi und viel Engagement angefangen; heute gehörte ihm die größte Taxizentrale in Lehrte. Für ihn fuhr ich ab und zu am Wochenende für sechs Euro pro Stunde, wenn einer seiner Fahrer ausfiel. Das war nicht viel, aber es half in wirklich schlechten Zeiten. Und die hatte ich mit meinem Hartz-IV-Einkommen eigentlich immer.

Lehrte ist eine Kleinstadt mit ca. 30.000 Einwohnern in der Nähe von Hannover und meine Heimat. Hier gibt es eigentlich alles, was man so braucht zum Leben und man wohnt weitaus ruhiger als in Hannover. Das einzige, auf das ich gut hätte verzichten können, war das Arbeitsamt. Aber das hatten wir ja schon.

Hier in Lehrte bewohnte ich mit meiner Freundin Anna eine kleine Zweizimmerwohnung. Anna war gelernte Krankenschwester, war aber auch nach ihrer Ausbildung nicht übernommen worden und nun auch arbeitslos. Da wir beide nur Hartz-IV bekamen, war unsere Wohnung eher zweckmäßig eingerichtet. Ein großer Luxus war uns nicht gegeben, aber wir kamen schon irgendwie zurecht. Anna war zwei Jahre jünger als ich, also dreiundzwanzig. Wir waren jetzt seit gut zwei Jahren zusammen, aber in letzter Zeit stritten wir uns oft. Schuld war natürlich auch unsere finanzielle Situation und dass für niemanden von uns ein konkreter Hoffnungsschimmer auf einen Job in Aussicht stand. Uns blieb nur übrig, uns immer weiter zu bewerben. Die Anlässe für unsere Streitereien waren oft nebensächlich und lächerlich, die Auseinandersetzungen recht laut. So laut, dass sich die Nachbarn, ein älteres Ehepaar, schon öfter beschwert hatten. Auch die Versöhnungen waren nicht mehr so schön wie damals, als wir uns gerade kennen gelernt hatten – die Luft war irgendwie raus uns unserer Beziehung. Wenn man mich fragte, ob wir uns noch liebten, antwortete ich natürlich immer mit „Ja", aber ob das wirklich noch so war, konnte ich nicht wirklich beantworten. Natürlich musste man auch sehen, dass wir als „Zweckgemeinschaft" letztendlich auch unsere gemeinsame Wohnung hatten. Vielleicht wäre die ehrlichste Antwort auf die Frage, ob ich sie noch liebte, ein ehrliches „Ich weiß es nicht" gewesen – und ihre wahrscheinlich ebenfalls.

Wir hatten uns einfach auseinander gelebt, und die finanziellen Probleme taten ihr übriges. Ich hatte aus der Zeit, in der ich noch gearbeitet hatte, Verbindlichkeiten von fast sechstausend Euro bei Versandhäusern und der Bank. Und offene Rechnungen hatte ich auch noch diverse auf meinem Schreibtisch liegen. So ging also ein nicht geringer Teil meines ohnehin nicht so hohen Einkommens für Schuldentilgung drauf. Unsere Wohnung war ein wenig zu groß und überschritt die Vorgaben des Arbeitsamtes, sodass wir hier einen Eigenanteil zu zahlen hatten, der uns zusätzlich belastete. Auch Anna hatte noch Verbindlichkeiten, wenn auch nicht so hohe wie ich. Kurz gesagt, es wäre gelogen, wenn ich sagen würde, dass es uns finanziell gut ging.

Ich fuhr mit dem Fahrrad nach Hause. Anna war mit ihrer Freundin Jasmin da. Jasmin war so alt wie Anna, ziemlich hübsch, aber auch recht reserviert. Auch sie war arbeitslos, aber Geldsorgen kannte sie nicht. Ihr Freund Serkan dealte nebenbei, und so hatte sie durch Serkan immer Geld in der Tasche. Sie betrog ihren Freund ständig, was außer ihm aber jeder wusste. Sie ging gern weg, war ein richtiges Partymäuschen, und nahm

Anna manchmal mit. Ich selbst war nicht unbedingt der Partymensch, schon finanziell bedingt, aber ab und zu leistete ich mir es dann doch und dann gingen wir zusammen ins Skylight in Lehrte.

„Na ihr beiden Hübschen", begrüßte ich sie, was mir gleich einen bösen Blick von Anna einbrachte. Sie war eifersüchtig auf Jasmin und auf überhaupt jedes andere weibliche Wesen und ich war prompt damit wieder ins Fettnäpfchen getreten. Ich hatte Anna nie einen Grund zur Eifersucht gegeben, aber langsam nervte mich dieses grundlose Getue.

Anna bekam einen Kuss von mir und Jasmin ein Bussi auf beide Wangen. Das war gerade noch im Bereich des Erlaubten. Ich erzählte von meinem Misserfolg beim Arbeitsamt.

„Sag mal Tom, bist du sicher, dass du das Formular wirklich abgegeben hast?", fragte mich Jasmin.

„Natürlich. Deswegen bin ich ja extra noch mal nachts raus, damit das pünktlich morgens im Briefkasten ist."

„Hm, dann wird das wohl morgen nichts mit Skylight, oder?"

Ich ärgerte mich. Ich hatte eigentlich vorgehabt, mit Anna, Jasmin und Serkan feiern zu gehen. Auf Serkan hatte ich zwar keine Lust, denn ich mochte ihn nicht so richtig – ich mochte seine Drogengeschichten nicht, ich mochte sein Auftreten nicht und er war mir zu arrogant. Er ließ gern jeden wissen, dass er der größte war, aber außer seinen kriminellen Drogengeschäften hatte er keine weitere Einnahmequelle. Letztendlich tolerierte ich ihn, weil er der Freund von Jasmin war. Soweit ich es beurteilen konnte, beruhte diese Einstellung auf Gegenseitigkeit.

„Oder soll ich Serkan fragen, ob er dir was leiht?"

Nein, das wollte ich wirklich nicht, und versuchte, Jasmin das so diplomatisch wie möglich beizubringen. Es war mir peinlich, dass ich nicht die Möglichkeit hatte, meinen Discobesuch selbst zu zahlen.

Jasmin verabschiedete sich. Wieder gab es ein Abschiedsbussi links und rechts, wobei ich ihren Mundwinkel mit meiner Lippe leicht streifte.

„Ok, bis Samstag dann vielleicht."

Kaum hatte Jasmin die Tür geschlossen, machte Anna mir schon wieder Vorhaltungen: „Na das war ja wieder zufällig. Denkst du vielleicht ich bin doof, oder was?"

„Ich weiß gar nicht, was du schon wieder hast. Was ist denn wieder los bei dir?"

„Was los ist? Meinst du ich bin blind? Ich hab dich genau gesehen, wie du ganz zufällig wieder versucht hast, sie richtig zu küssen – was für ein Zufall aber auch!"

„Sag mal, sonst ist aber alles klar bei dir, ja?"

„Tu doch nicht so. Ich hab genau gesehen, wie du immer mit ihr rumflirtest und sie anguckst."

Ich hatte keine Lust, mich schon wieder mit Anna zu streiten. Der Vorfall beim Arbeitsamt hatte mir gereicht und nun auch noch diese haltlosen Unterstellungen – das brauchte ich wirklich nicht. Ich drehte mich um und ging wortlos ins Schlafzimmer, wo ich mich aufs Bett warf. Ich wollte einfach nur meine Ruhe haben. Aber die war mir dank Anna nicht vergönnt. Sie kam mir nach und hörte nicht auf, mich zu beschuldigen, Jasmin angeflirtet zu haben.

„Sag mal, denkst du, dass ich mit der jetzt sofort was mache, dass ich dich mit ihr betrüge, nur weil ich ihr hallo sage? Du hast sie doch echt nicht mehr alle. Und jetzt lass mich in Ruhe!"

„Jaja, du machst es dir ja echt einfach. Aber du brauchst mir nichts vorzuspielen. Wenn du könntest, würdest du doch sofort mit ihr rumficken."

„Es reicht, halt endlich deine verdammte Fresse!" Wie aus dem Nichts explodierte ich. „Wer ist denn die, die sich immer mit ihr rumtreibt? Ich will gar nicht wissen, was ihr beide immer macht, wenn ich nicht dabei bin! Dass sie fremdgeht, weiß ja wohl ganz Lehrte. Und du?"

Dass das unter der Gürtellinie war, war mir klar. Ich hatte Kopfschmerzen, war gereizt und musste mir unterstellen lassen, mit Jasmin fremdzugehen.

„Du kannst mich mal", sagte sie und knallte die Tür zu.

Gut, dann war ich jetzt endlich alleine und hatte meine Ruhe. Ich schlief ein und blieb in dieser Nacht auch allein. Anna schlief mal wieder auf der Couch.

Ich hasste solche Situationen. An solchen Tagen wurde mir meine schlechte Situation immer nur noch deutlicher bewusst.

Am nächsten Morgen hatte ich keine Lust, aufzustehen. Tote Hose hatten wir jetzt schon seit Wochen. Immer, wenn ich Lust auf Anna hatte, zickte sie rum und so hatten wir schon seit einiger Zeit keinen Sex oder auch nur etwas Ähnliches gehabt. Aber das stört mich nicht einmal besonders.
Ahmet rief mich an. Er fragte, ob ich die Samstags-Schicht für ihn übernehmen könnte. Einer seiner Fahrer war ausgefallen und gerade der Samstagabend war die umsatzstärkste Zeit der Woche Und am Samstag waren die Trinkgelder recht gut. Also sagte ich zu. Ich sollte um sechs Uhr abends anfangen. Ahmet wollte mich dann abholen lassen, ich würde seinen Fahrer raus setzen und könnte das Taxi dann direkt übernehmen. So gingen wir immer vor.
Den Tag verbrachte ich vor dem PC. Anna war irgendwo unterwegs, sie hatte sich morgens nicht von mir verabschiedet.
Als ich gerade loswollte, nach unten zu gehen, um das Taxi zu übernehmen, kam sie zur Tür rein.
"Wo willst du denn hin", fragte sie mich.
"Ahmet hat angerufen. Ich fahre heute Abend".
Sie fing sofort an, mir wieder einmal eine Szene zu machen.
"Na toll. Wieso willst du denn jetzt heute arbeiten?"
"Weil ich kein Geld habe, schon vergessen?"
"Und warum hast du mir nicht Bescheid gesagt?"
"Weil ich nicht dachte, dass Dich das wirklich interessiert.
Du ziehst doch sowieso dein Ding durch. Und du wolltest doch heute eh mit Jasmin weg."
"Du hättest doch trotzdem anrufen können."
"Nein, das hätte ich nicht gekonnt. Ich hab kein Geld mehr auf dem Handy und ich hab auch kein Geld mehr, um das aufzuladen. Und nach gestern Abend dachte ich nicht, dass Dich das interessiert."
"Ich dachte, du kommst mit heute Abend."
"Das hatten wir doch gestern schon geklärt. Ich hab kein Geld. Wie oft soll ich das noch sagen?"

"Wir hatten aber gestern Abend nicht geklärt, dass du heute arbeiten gehst."

"Wieso soll ich nicht arbeiten, wenn du sowieso nicht da bist?"

"Es geht nicht darum, ob du arbeitest, es geht darum, dass du nichts darüber zu mir gesagt hast."

"Stimmt. Ich hätte gern mit dir darüber gesprochen, aber irgendwie warst du heute den ganzen Tag nicht da und ich wusste nicht, wo du Dich rumtreibst."

"Erstens treibe ich mich nicht rum. Und, ach, du kannst mich mal! Mach doch, was du willst! Du bist echt ein Arsch!"

Ich hatte keine Lust mehr auf diese sinnlosen Diskussionen und ging nach unten, um auf mein Taxi zu warten. Diese Beziehung konnte so nicht weitergehen. Seit wir zusammengezogen waren, ging unsere Beziehung immer weiter den Bach runter. Als mein Taxi kam, war ich froh, mich durch meine Arbeit ein bisschen ablenken zu können. Ich fuhr die ganze Nacht hindurch Touren und hatte so am Schichtende knappe achtzig Euro verdient. Kein schlechter Schnitt für eine Nacht Arbeit. Als ich gegen fünf Uhr morgens nach Hause kam, war Anna noch nicht da. Das machte mich schon nachdenklich, weil um diese Zeit das Skylight eigentlich schon geschlossen hatte. Auf der anderen Seite war mir das aber auch egal. Diese Beziehung hatte keinen Bestand mehr, und ging mir langsam aber sicher auf die Nerven.

Ich legte mich ins Bett. Gegen acht Uhr wurde ich durch Annas Kichern geweckt. Anna und Jasmin waren gekommen. Beide ziemlich betrunken und wahrscheinlich hatten auch beide ein paar Lines gezogen. Serkan war, was das anging, ziemlich freizügig.

Die nächste Woche ging ohne größere Vorkommnisse vorüber. Ich bekam ein paar Mahnungen von der Bank und den Versandhäusern, weil meine Raten nicht pünktlich eingegangen waren. Auf meine Bewerbungen bekam ich nur Absagen. Ich legte alles auf einen großen Stapel, denn momentan konnte ich weder das Eine noch das Andere lösen. Am Donnerstag hatte ich dann genug. Es war weder Geld noch ein Schreiben vom Arbeitsamt eingetroffen. Ich machte mich wieder einmal auf zum Jobcenter, um Druck zu machen. Wenn ich das positiv betrachten wollte, hatte ich wieder eine Möglichkeit, den angestauten Frust loszuwerden. Obwohl das Arbeitsamt am Donnerstagnachmittag nur für Arbeitnehmer, die noch im Job standen, geöffnet hatte, stellte ich mich in die, diesmal bedeutend kürzere Schlange. Heute ging es schneller. Nach nur einer Dreiviertelstunde war ich an der Reihe. Und wie das Schicksal es wollte, war ich wieder bei derselben Sachbearbeiterin, bei der ich mich in der Vorwoche schon beschwert hatte.

"Soweit ich mich erinnern kann, sind Sie nicht arbeitstätig. Heute bearbeiten wir nur Fälle, die arbeitstätig sind. Kommen Sie morgen wieder."

"Ok, hören Sie zu. Heute ist der Zwölfte. Mein Geld sollte schon seit fast zwei Wochen auf meinem Konto sein. Ich kann meine Miete und meine Verpflichtungen nicht bezahlen. Sie haben sich seit einer Woche nicht bei mir gemeldet, obwohl Sie es mir zugesagt haben. Ich gehe jetzt nicht eher, als dass ich weiß, was mit meinem Antrag, der jetzt seit fast vier Wochen hier vorliegt, passiert ist, oder soll ich besser sagen, wer ihn verschlampt hat? Und wenn wir das dann wissen, dann kann er noch heute, sprich sofort, bearbeitet werden und dann nehme ich einen Scheck mit. Ist das verstanden?"

Vor mir sah ich nur ein sprachloses Gesicht. Es dauerte einen Moment, bis sie die Fassung wiedergewann. "Was erlauben Sie sich eigentlich?"

"Was ich mir erlaube? Sie fragen wirklich, was ich mir erlaube? Ich erlaube mir, meinem Geld hinterherzulaufen. Ich erlaube mir, hier so lange sitzenzubleiben, bis ich einen Scheck von Ihnen bekomme. Ich erlaube mir, mich aufzuregen, weil ich mir verscheissert vorkomme. Und ich erlaube mir, mich schriftlich über Sie zu beschweren, wenn es sein muss. Weil ich mir nämlich auch erlaube, verdammt sauer zu sein!"

Meine Stimme war immer lauter geworden, so dass jetzt auch von den anderen Schaltern die Leute herübersahen.

Sie holte einen Antrag aus ihrer Schreibtischschublade.

"Füllen Sie den Folgeantrag bitte noch einmal aus und geben Sie ihn dann wieder ab. Wir bearbeiten den dann so schnell wie möglich.

"Wie wäre es mit heute?"

"Füllen Sie ihn erst mal aus."

Ich ging mit dem Formular wieder in die Wartezone. Dort füllte ich den Antrag aus. Da sich bei mir nicht viel geändert hatte, sondern die Situation noch genauso schlecht wie vorher war, ging das recht schnell. Ich ging, ohne mich wieder anzustellen, nach vorn um das Formular zurückzugeben.

"Stellen Sie sich bitte hinten an."

Um nicht noch mehr Ärger zu verbreiten, gehorchte ich. Nach mehr als einer halben Stunde war ich an der Reihe. Wieder bei Frau Nordmann.

"Gut, wir bearbeiten das dann."

Ich blieb gefasst. Ernst meinen konnte sie das hoffentlich nicht.

"Wie soll das denn jetzt weitergehen?"

"Ich sagte das bereits sehr deutlich. Wir bearbeiten das jetzt und dann bekommen Sie einen neuen Bescheid. Mit Ihrer Auszahlung wird das noch ca. drei Wochen dauern." Sie grinste hämisch.

„Ok, dann nur eine bescheidene Frage: Wie soll ich bis dahin leben? Was ist mit einem Scheck?"

"Oh, das tut mir leid, heute ist leider niemand da, der einen Scheck ausstellen kann. Außerdem stellen wir Schecks nur in Notsituationen aus, die wir zu verantworten haben. Außerdem steht Ihnen für diesen Monat die Leistung ja auch nur anteilig zu, weil der Antrag erst heute abgegeben wurde."

"Wollen Sie mich hier eigentlich verscheissern? Ich habe den beschissenen Antrag vor mehr als vier Wochen eigenhändig in Ihren Briefkasten gesteckt. Das habe ich Ihnen jetzt schon mehrfach erklärt. Ich will da jetzt auch nicht mehr drüber diskutieren. Mit wem kann ich sprechen, damit wir hier jetzt endlich einmal weiterkommen?"

"Ich halte mich nur an die Vorschriften. Der Antrag ist nicht da, also steht Ihnen die Leistung erst ab Eingang des Antrages zu. Also heute."

"Noch mal: Mit wem kann ich sprechen?" Ich stand auf. "Wer ist hie in diesem Laden eigentlich zuständig?", brüllte ich. Ich ging an den nächsten Schreibtisch. "Kann ich mit Ihnen sprechen?" Frau Nordmann meldete sich von ihrem Platz aus.

"Wenn Sie sich jetzt nicht beruhigen, erteile ich Ihnen Hausverbot. Gehen Sie morgen zu Herrn Lorenz. Aber der wird Ihnen das gleiche sagen wie ich."

"Wir werden sehen..." Bevor ich mich zu weiterem hinreißen ließ, räumte ich freiwillig das Feld. Wir würden ja sehen, wer zuletzt lachte.

Als ich nach Hause kam, waren Serkan und Jasmin bei Anna. Ich merkte schnell, dass alle drei heftig einen geraucht hatten. Wenn Anna konsumiert hatte, wurde sie immer unausstehlich. Da konnte ich mich auf einen schönen Abend freuen. Und so kam es dann auch, nachdem Jasmin und Serkan sich verabschiedet hatten. Ich ärgerte mich über Serkan, der genau wusste, dass Anna kein Gras vertragen konnte. Und auf Anna war ich noch ärgerlicher, weil sie das eigentlich noch besser wusste. So kam es also, dass wir uns am Abend wieder stritten. Ich war sowieso noch verstimmt durch die Eskapaden vom Jobcenter und Anna goss noch mal ordentlich Benzin ins Feuer. Sie machte mir wieder alle möglichen Vorhalte und letztendlich war der Abwasch dann der Tropfen, der das Fass zum Überlaufen brachte.

"Weißt du was, du kannst mich mal!"

"Echt? Dann geht's dir ja so wie mir."

"Ich habe keinen Bock mehr auf den ganzen Scheiss. Dir ist doch sowieso alles egal. Hauptsache kiffen, scheiss auf alles andere."

Anna stand auf, zog Jacke und Schuhe an, ging wortlos und knallte die Tür hinter sich zu. Danach knallte auch noch die Wohnungstür. Das hieß wohl, dass Anna heute nicht mehr nach Hause komme würde. Wie schon die letzten Tage, verbrachte ich auch diesen Abend wieder mit einem Bierchen vor dem PC. Vany87 war online. Sie hatte ein supersüßes Foto von sich online und ich hatte mit ihr schon einige Male gechattet. Ihr hatte ich auch schon des Öfteren von meinen Streitereien mit Anna erzählt. Es tat mir einfach gut, mit jemand Dritten sprechen zu können.

Wir chatteten gute zwei Stunden, dann musste sie weg und ich zog um vor den Fernseher. Leider hat mein Fernseher keine Fernbedienung mehr, da diese im Verlaufe eines Streits mal an die Wand geflogen ist und in tausend Teile zersplittert war. Der Fernseher war sowieso schon recht alt, gute zehn Jahre. Ich hatte ihn von meinen Eltern bekommen, als ich ausgezogen bin. Langsam musste mal ein Neuer her. Der Sound war auch nicht mehr ok, da Anna einmal der Meinung gewesen ist, die Lautstärke voll aufzudrehen, als ein Lied, das sie toll fand, lief. Das Resultat: Ein defekter Lautsprecher am Fernseher und Ärger mit Ehepaar Kleinschmidt von oben. Am liebsten hätte ich natürlich einen tollen vierzig Zoll Flatscreen, aber solche Geräte kosteten gut dreitausend Euro und das war nun finanziell überhaupt nicht drin. Während CORBA 11, meine Lieblingssendung, lief, flackerte das Bild kurz, wurde blau und der Fernseher verabschiedete sich mit einem letzten kurzen Aufflackern. Das hatte mir gerade noch gefehlt. Was für ein Tag! Frustriert legte ich mich schlafen - wieder mal alleine. Ich musste am nächsten Morgen den Termin bei Herrn Lorenz vom Arbeitsamt wahrnehmen - ich bekam schon Sodbrennen, wenn ich nur daran dachte, mich wieder mit jemandem auseinandersetzen zu müssen. Ich stellte mir den Wecker auf sieben Uhr und legte mich schlafen. Mit Anna war nicht mehr zu rechnen, wahrscheinlich war sie bei Jasmin und Serkan und erzählte denen, wie schlecht ich zu ihr sei.

Pünktlich um acht Uhr stand ich vor der Tür vom Arbeitsamt. Als ich dann, diesmal als Erster an der Reihe, nach Herrn Lorenz verlangte, erklärte mir eine überaus freundliche Mitarbeiterin, dass er an diesem Tag nicht ins Büro kommen würde. Sie war aber so nett zu mir, dass ich sie nicht gleich anschreien wollte. Wahrscheinlich war sie sowieso falsch hier. So nette Leute kannte ich vom Arbeitsamt gar nicht. Ich schilderte ihr mein Problem und sie setze sich wirklich für mich ein. Und, oh Wunder, sie fand auch meinen Antrag. Und zwar den Ersten, den ich nachts im Regen eingeworfen hatte und der angeblich nie angekommen war. Sie bat mich, kurz auf sie zu warten, da sie etwas für mich abklären wolle. Kurz darauf erschein sie wieder, schenkte mir ein zauberhaftes Lächeln und übergab mir meinen

Scheck. Ich war von den Socken. Ohne mich auch nur ansatzweise ärgern zu müssen, bekam ich mein Geld, und dabei war es noch nicht einmal halb neun. Der Tag war mein Tag.

Bei der Post ließ ich mir den Scheck bar auszahlen. In der Hektik, wirklich der Erste morgens zu sein, hatte ich natürlich meinen Ausweis zu Hause liegen gelassen. Aber auch bei der Post bediente mich eine überaus nette Angestellte, die mich gut kannte und somit verlief auch die Auszahlung problemlos. Mit dem Geld in der Hand ging es direkt weiter zu meiner Bank, der PLURAL-Bank im Citycenter. Dort angekommen, zahlte ich fast den gesamten Betrag wieder ein, um die Miete und die Daueraufträge zu zahlen. Frau Hartmann, meine Betreuerin bei der PLURAL-Bank, bei der der Name wirklich Programm ist, nahm die Einzahlung entgegen. Sie als Kontenbetreuerin zu haben, war wirklich kein Zuckerschlecken Bei der geringsten Überziehung gab sie sofort alle Lastschriften zurück und sperrte die ec-Karte. Die Karte wieder zu entsperren, berechnete sie danach mit fünf Euro. Unabhängig davon hatte sie mich schon des Öfteren in Schwierigkeiten gebracht: Einen Dispo, den mir ihre Vorgängerin eingerichtet hatte, hatte sie mir kaltschnäuzig gleich an ihrem ersten Arbeitstag mit Hinweis auf die AGB gestrichen und nun zahlte ich jeden Monat zwanzig Euro davon zurück. Zu 12,5% Zinsen.

"Guten Morgen, Herr Neuendorff, das war ja mal Zeit, dass bei Ihnen ein Eingang kommt. Ich habe Sie wegen der Rücklastschriften schon angeschrieben. Wenn das noch öfter vorkommt, dann werde ich Ihnen die Geschäftsbeziehung kündigen müssen."
Frau Hartmann war der Inbegriff einer frustrierten alten Jungfer. Sie passte nicht einmal so recht zum jungen Image der PLURAL-Bank. Graue Kleider und ein Dutt rundeten das Bild ab. Dabei kann sie höchstens Mitte vierzig gewesen sein.

In Lehrte war vor einigen Jahren auf dem ehemaligen Zuckerfabriksgelände ein großes Einkaufszentrum errichtet worden. Dort befand sich neben den bekannten Discountern auch ein gut fünftausend Quadratmeter großer Supermarkt, in dem ich wahnsinnig gern einkaufte. Leider konnte ich mir das nicht sehr oft leisten, aber heute wollte ich mir ein paar schöne Dinge kaufen und als Zeichen der Versöhnung abends für Anna und mich kochen. Obwohl wir uns gestritten hatten, wollte ich das Kriegsbeil begraben. Also kaufte ich ein paar leckere Dinge und Aufbackbrötchen, Lachs und Sekt für ein richtig gemütliches Frühstück im Bett.

Anna war zu Hause gewesen, während ich unterwegs war. Sie hatte ein paar Sachen geholt und mir eine kurze Nachricht hinterlassen:

´Hallo Tom, so geht das mit uns nicht weiter und ich habe auch keine Kraft mehr dazu. Ich bin ein paar Tage bei Jasmin, weil ich nachdenken will und muss. Ruf mich bitte nicht an!´

Meine Laune war damit auf dem Nullpunkt. Ich stellte die gesamten Einkäufe noch in der Tüte in den Kühlschrank. Nun hatte ich auf kochen auch keine Lust mehr, denn es gibt nichts Schlimmeres als alleine zu kochen und alleine zu essen.

Im Flur lag ein Flyer vom Club69, einer Großraumdiskothek in Hannover. Da war ich schon ewig nicht mehr gewesen. Vor drei Jahren gab es da fast eine Abschleppgarantie. Und ein bisschen flirten könnte ich jetzt gebrauchen, um mich auf andere Gedanken zu bringen. Anna hatte recht: So konnte das wirklich nicht mehr weitergehen. Was wir führten, war wirklich keine Beziehung mehr, sondern nur noch ein Nebeneinanderherleben. Ich war immer ehrlich zu Anna gewesen, hatte sie nie betrogen. Ich bin auch der Meinung, dass der alte Spruch "Appetit kann man sich holen, aber gegessen wird zu Hause" in einer Beziehung noch immer gültig sein sollte. Aber ich hatte nun ewig schon keine wirklich schöne Nacht mehr mit Anna verbrach und unsere Streitereien waren auch kein Zustand, den man als harmonisch bezeichnen konnte.

Ich rief meinen besten Freund Alexander Wehmeier an. Mit ihm war ich oft unterwegs. Wir kannten uns schon aus der Schule und wir hatten auch unsere Ausbildung beim selben Betrieb gemacht. Alex hatte das Glück gehabt, gleich nach seiner Ausbildung von einer Firma aus Hannover übernommen zu werden.

Alex sagte sofort zu, vorbeizukommen und mich abzuholen. Wir verabredeten uns für den Abend.
Ich stylte mich, da klingelte es auch schon. Ein bisschen Geld musste ich noch einstecken und dann ging ich runter zu Alex. Er lächelte, als er mich sah und begrüßte mich mit einer Umarmung.
"Na Alter, alles fit?"
Im Club69 angekommen, bemerkte ich, dass das Publikum sich seit meinem letzten Besuch ziemlich verändert hatte. Es war jünger und irgendwie hübscher geworden. Und auch multikultureller. Alex fing gleich heftig an, zu baggern und auch ich flirtete ein wenig. Besonders süß fand ich eine kleine Blonde mit einem slawischen Touch. Sie lächelte zu mir rüber und so ging ich zu ihr und fragte sie, ob sie etwas trinken wolle. Wir gingen gemeinsam zu Bar und ich bestellte zwei Wodka-RedBull. Sie prostete mir zu und stellte sich als Oxana vor. Ein sehr ungewöhnlicher Name, fand ich. Oxana vertrug einige Wodka-RedBull und man sah ihr an, dass sie auch vorher schon einiges intus hatte. Auf was sie aus war, merkte man ihr recht deutlich an. Ich hatte nicht vor, Anna zu betrügen, aber irgendetwas an Oxana zog mich an. Sie lächelte mich an und fragte mich dann ganz direkt, ob wir nicht nach draußen gehen wollten. Auf dem Weg zum Ausgang kamen wir an Alex vorbei, der mit zwei rothaarigen Frauen gleichzeitig am flirten war. Er lächelte vielsagend und drückte mir seinen Autoschlüssel in die Hand. Letztendlich hat diese Geste den Abend in die Richtung, die ich nun einschlug, besiegelt.
Alex hatte seinen Golf am Ende des Parkplatzes, ziemlich im Dunkeln geparkt. Oxana kam gleich zur Sache. Sie steckte mir ihre Zunge in den Mund. Ein angenehmer Kuss im

romantischen Sinne war das sicher nicht, aber sie machte mich unheimlich scharf. Ohne sich groß mit einem Vorspiel aufzuhalten, ging sie gleich in die Vollen. Sie zog sich ihr kurzes Top aus und sie hatte keinen BH drunter. Ihre vollen Brüste machten mich noch schärfer. Ich leckte an ihren Brustwarzen und biss ihr leicht hinein. Sie öffnete meinen Reißverschluss, griff mir direkt in die Hose und holte ihn heraus. Dann nahm sie ihn in den Mund und begann, zuerst sanft, dann immer fordernder zu saugen. Anna hatte so etwas nie gemacht und ich merkte, dass es mir gefiel. Kurz bevor ich kam, hörte sie auf. Dann lächelte sie mich an, und zog ihren String aus. Sie war komplett rasiert. Ich begann sie zuerst mit dem Finger zu streicheln, dann begann ich, sie dort zu küssen. Noch immer war ich erregt und hart. Sie zog meinen Kopf hoch und warf mich auf den Rücksitz. Dann setze sie sich auf mich und ich drang in sie ein. Sie begann, auf mir zu reiten und wurde immer schneller und fordernder. Ich keuchte, es war einfach unglaublich. Mit einem Schnaufen entlud ich mich, während Oxana leise aufschrie. Sie kam keuchend auf mir zu liegen, verschwitzt und schwer atmend. Dann lächelte sie mich an.

"Das war schön! Hast du eine Zigarette für mich?"

So klischeehaft es sich auch anhören mag, wir rauchten die Danach-Zigarette und sie schrieb mir ihre Nummer auf.

"Ich muss jetzt gleich los, meine Leute wollen bestimmt nach Hause und suchen mich schon. Rufst du mich an, ich würde mich freuen!"

Sollte ich ein schlechtes Gewissen haben? Ich hatte Anna mit einer Frau betrogen, die ich keine zwanzig Minuten kannte. Es war alles so schnell gegangen, dass ich nicht einmal an Verhütung gedacht hatte. Gedanken an Aids und Hepatitis schossen mir durch den Kopf. Wie hatte ich bloß so unvorsichtig sein können? Allerdings hatte ich nie eine Frau mit einem Sex-Appeal kennen gelernt, wie Oxana ihn hatte. Sie hatte eine Art Aura an sich, die meine Hormone verrückt spielen ließ.

Noch nie hatte ich mich so verhalten. Sie war aber auch eine Schönheit. Oxana mag dreiundzwanzig gewesen sein und sie hatte unheimliche Ähnlichkeit mit Yvonne Catterfeld. Ebensolche Mandelaugen, aber intensivere Wangenknochen auf slawische Art. Dazu volle Lippen und einen tollen Körper. Welcher Mann wäre da nicht schwach geworden? Trotzdem machte ich mir nun leichte Vorwürfe wegen Anna. Ich beschloss, ihr den Seitensprung nicht zu beichten. Hätte sie nicht immer so rumgezickt, wenn ich mit ihr ins Bett wollte und hätte sie mir nicht wegen jeder Kleinigkeit eine Szene gemacht, wäre es wahrscheinlich gar nicht dazu gekommen. Während ich über diese Dinge nachdachte, ging ich langsam wieder Richtung Haupteingang, um Alex zu suchen. Oxana ging neben mir und sie sah wirklich echt toll aus.

Aus einer Gruppe Leute löste sich ein Mann und kam auf uns zu.

"Hier steckst du also, wir haben dich schon gesucht."

Er sah mich an und auch ich musterte ihn. Der Mann mag um die dreißig Jahre alt gewesen sein, muskulös und sportlich und in einem Anzug, aber ohne Krawatte zum Hemd. Sein Geschmack in Kleiderfragen war sehr hochwertig. Und an seinem Arm blitze eine Rolex in Gold.

"Wer bist du denn?", fragte er mich.

"Das ist Tom, ein Freund von mir.", erklärte Oxana ihm.

Dann stellte sie ihn mir vor. "Das ist Juri, mein Bruder."

Juri musterte mich, dann zog er Oxana am Arm weg. "Wir warten schon die ganze Zeit auf Dich. Ich muss noch mal in die City, da wartet Ivan auf mich."

Während Oxana von ihm weggezogen wurde, drehte sie sich zu mir um, lächelte mich an und rief "Ruf mich morgen an." Dann stiegen sie in einen schwarzen Mercedes SL, der vor der Tür vom Club69 geparkt war. Blubbernd startete der Wagen und Juri fuhr mit aufheulendem Motor los.

Drinnen im Club suchte ich Alex eine Zeitlang, bis ich ihn in einer Ecke mit den beiden Rothaarigen entdeckte.

"Hey Tom, guck mal, das ist Sandra und das ist Mandy". Sie sahen fast aus wie Zwillinge und auch die beiden hatten schon einiges an Alkohol intus.

So verbrachten wir zu viert den Abend, wir tanzten und tranken. Alex war mittlerweile so abgefüllt, dass ich uns beide samt der beiden Rotschöpfe nach Lehrte zu Alex' Wohnung fuhr. Dort wollten wir vier noch in wenig weiter feiern.

Ich hatte relativ schnell schon im Auto gemerkt, dass Alex unheimlich scharf auf Mandy war. Beide sassen auf der Rückbank und er ließ seine Hände bei ihr auf Wanderschaft gehen. Sandra hingegen, die mit mir zusammen vorn saß, machte eher den Eindruck, dass sie Alkohol nicht so gut vertrug. Sie hatte den Kopf gegen die Scheibe gelehnt und ich glaubte nicht, dass es ihr besonders gut ging. Gerade in Lehrte hereingekommen, war es dann auch so, dass Sandra mit bat, anzuhalten. Kaum stand der Wagen, sprang sie auch schon aus dem Auto und übergab sich. Alex und Mandy bekamen davon fast gar nichts mehr mit, sie küssten sich mittlerweile innig auf der Rückbank. Ein bisschen sah es so aus, als würden sie sich gegenseitig auffressen wollen.

Nachdem sie sich übergeben hatte, schien es Sandra schnell wieder besser zu gehen. Als ich vor dem Haus, in dem sich die Wohnung von Alex befand geparkt hatte und alle ausgestiegen waren, merkte man gar nichts mehr davon, wie schlecht es ihr noch kurz davor gegangen war. Sie hakte mich unter, Alex und Mandy gingen kichernd und rumalbernd hinterher und so gelangten wir dann nicht gerade leise in Alex' Wohnung.

Alex und Mandy machten direkt da weiter, wo sie im Auto aufgehört hatten und fingen an, sich auf dem Sofa zu vergnügen. Noch hatten sie allerdings all ihre Klamotten an, aber ich bezweifelte, dass das noch lange vorhielt.

Sandra setze sich neben mich und fing an, sich ebenfalls an mich anzukuscheln. Was war das für ein Abend? Erst monatelang Sexentzug und nun schon die zweite Gelegenheit heute Abend? Wie sollte ich reagieren? Das mit Oxana war ein Ausrutscher gewesen. Ich war von Ihrer Aura einfach nur mehr als hingerissen gewesen. Mittlerweile konnte ich wieder ein wenig klarer denken und hatte sogar ein schlechtes Gewissen Anna gegenüber. Der Sexentzug von Anna hatte sich bemerkbar gemacht. Ich hatte einfach mal wieder Sex gewollt und gebraucht – und bekommen.

Alex und Mandy standen auf, er zwinkerte mir zu, wie es seine Art war und beide gingen in sein Schlafzimmer.

"Mach keine Flecken auf die Couch", rief er mir noch zu, lächelte und schloss die Tür.

Ich sah mir Sandra genauer an. Sie hatte schulterlange, rote Haare, wobei es sich dabei nicht um ein echtes rot handelte, sondern um eine kräftige Färbung in Richtung kaschmirrot. Sie hatte eine kleine Stupsnase, wunderschöne Lippen, überhaupt ein sehr süßes Gesicht. Sie hatte schon einen kleinen Rettungsring auf den Hüften, aber dafür, als Ausgleich sozusagen, bot ein Blick in Ihr Dekolleté schon ein gewisses Versprechen. Ihre Brüste, soweit ich das sah, hatten eine beachtliche Größe und machten mich auch unheimlich an. Bevor ich weiter nachdenken konnte, ich weiß auch nicht warum, hatte ich mich schon zu Sandra rüber gebeugt und küsste sie stürmisch. Es war anders als bei Oxana, die mich mit ihrer ganzen Person unheimlich in ihren Bann gezogen hatte. Bei Sandra war es einfach nur die Geilheit, Sex zu haben. Jetzt, hier und sofort. Ich fühlte mich deswegen nicht unheimlich schlecht, mir war klar, dass es mit Sandra ganz einfach nur ein One-Night-Stand wäre, wobei ich mir bei Oxana sogar mehr hätte vorstellen können.

Wir lagen auf dem Sofa, sie unten, ich halb auf ihr drauf. Meine Zunge spielte mit ihrer Zunge, meine Hände wanderten zu ihrem Dekolleté. Ich zog Sandras Oberteil aus, während ich sie weiter küsste. Mit dem BH hatte ich keine Probleme. Und ich hatte nicht zu viel erwartet. Ihre Brüste waren wirklich wunderschön. Füllig, sicher 85 B, und fest. Sie hatte bräunliche Brustwarzen und sie standen steil senkrecht. Ich küsste Sandra zuerst am Hals, ging dann immer weiter abwärts und erreichte dann ihre Nippel, an denen ich ein wenig knabberte. Sandra stöhnte in meinen Armen, es schien ihr zu gefallen. Sie zog mir meinen Pullover aus und gleich mein Poloshirt hinterher. Wir küssten uns weiter. Ihre Hand glitt in meine Hose und spielte mit ihm. Ich zog Sandras Hose aus. Sie trug nichts drunter. Auch sie war

komplett rasiert. Ich stand da total drauf. Von ihren Brüsten ging ich nun mit meiner Zunge weiter abwärts, umrundete ihren Bauchnabel und fuhr mit der Zunge an ihrer Schenkelinnenseite lang, was sie stark erregte. Dann küsste ich zuerst vorsichtig, dann immer fordernder ihren Venushügel und drang mit der Zunge in sie ein. Ich spielte mit ihren Schamlippen und meiner Zunge, ließ sie einen Ritt durch ein Abenteuer machen. Sandra war mittlerweile unheimlich feucht, sie wand sich unter mir und stöhnte. Ich hörte auf, ging langsam wieder nach oben mit meinem Gesicht. Sandra packte mich an den Schultern, warf mich auf den Rücken. Dann zog sie mir meine Boxershorts aus, die mittlerweile Zeltform angenommen hatten und warf sie auf den Boden. Sie fing an, ihn zu reiben und da ich nun unten lag, ging auch sie mit ihrer Zunge von meinen Brustwarzen bis zu meinem besten Stück auf Wanderschaft. Mit ihren Lippen umstülpte sie dann meinen Penis und saugte an ihm. Zuerst langsam, dann immer schneller. Ich konnte nicht an mich halten, wand mich nun auch unter ihr. Kurz bevor ich kam, sagte ich Stopp. Aber Sandra hörte nicht auf und so versuchte ich, mich unter ihr rauszuwinden. Dann kam ich, ohne dass sie aufgehört hatte. Sie spuckte aber nicht aus, sonder schluckte es runter und saugte, bis nichts mehr kam. Sie legte sich nackt auf mich und kuschelte sich in meine Armbeuge.
"Du, ich möchte gern mit dir schlafen", flüsterte sie mir ins Ohr. "Hast du Kondome?"
Ich wusste, wo Alex in seinem Wohnzimmer die Gummis gebunkert hatte. Ich ging zum Schrank und holte eins raus. Dann legte ich mich wieder zu ihr auf das Sofa und hielt ihr das Kondom hin. Sie öffnete es, stimulierte mich kurz, so dass ich wieder einsatzbereit war und streifte es mir dann über. Sie setze sich auf mich und führte ihn selbst langsam in sich ein. Dann begann sie langsam damit, mich zu reiten. Ich bewegte mich im Rhythmus mit ihr, stoppte dann, zog in ihn langsam raus, wand mich unter ihr heraus und bat sie, sich auf die Knie zu hocken. Dann drang ich von hinten in ihre Scheide ein. Der Stellungswechsel schien Sandra zu gefallen, sie stöhnte auf. Wir bewegten uns weiterhin im selben Rhythmus und wechselten

bald darauf noch einmal die Stellung. Nun waren wir in der Missionarsstellung und das war mir, obwohl sie bei vielen als langweilig gilt, meine Lieblingsstellung. Wir kamen fast gleichzeitig. Sandra zuckte und schrie leise auf. Dann biss sie mir in den Hals. Unsere Körper waren verschwitzt, wir klebten richtiggehend aneinander. So schliefen wir ein, sie wieder in meiner Armbeuge eingekuschelt.

So weckte uns Alex am nächsten Morgen auf. Das war mir schon peinlich, dass ich nackt auf seiner Couch lag, sogar noch mit dem angezogenen Kondom. Alex war schon duschen gewesen und ich wollte nun auch unter die Dusche. Sandra hatte sich beim Wecken durch Alex schnell eine Decke übergezogen. Wir konnten uns nicht einigen, wer von uns zuerst duschen sollte und so gingen Sandra und ich gemeinsam ins Bad. Dass das bei einem One-Night-Stand nie nicht gerade clever ist, daran hatte ich nicht gedacht. Aber ich hatte nun mal mit Affären keine Erfahrung. Eigentlich ist ein One-Night-Stand morgens zu Ende und es sollte maximal ein gemeinsames Frühstück geben.

Unter der Dusche, als ich Sandras Brüste einseifte, wurde ich sofort wieder unübersehbar erregt. Sandra kniete sich vor mich und befriedigte mich noch einmal mit ihrem sinnlichen Mund. Diesmal kündigte ich mein Kommen schon gar nicht mehr an.

Fertig angezogen saßen wir dann alle vier bei Aufbackbrötchen und Kaffee zusammen im Wohnzimmer. So wie Mandy und Alex zusammen saßen, konnte ich davon ausgehen, dass auch bei den beiden die Nacht über etwas gelaufen war. Ich konnte mir vorstellen, dass bei den beiden was Festeres draus werden konnte.

Obwohl der Sex mit Sandra atemberaubend gewesen war, war der Funke nicht so übergesprungen, wie bei Oxana. Als eine einmalige Affäre war Sandra ok, aber mehr wollte ich da nicht draus machen und ich hoffte, dass es bei ihr ähnlich war. Ich musste jetzt auch über Anna nachdenken. Immerhin hatte ich sie zwei Mal in nur einer Nacht betrogen. Etwas, das ich vorher noch nie gemacht hatte und nun gleich doppelt. Da ich in der Nacht nur kurz geschlafen hatte, wollte ich bald nach Hause. Auch Sandra und Mandy wollten sich ausruhen und fertig machen. So fuhr Alex uns alle nach Hause. Beim Aussteigen stieg Sandra noch kurz mit aus.

"Heute Nacht war wirklich schön. Danke!"

Dann küsste sie mich noch einmal kurz und verabschiedete sich. Gott sei Dank, dass auch sie diese Nacht als einmalige Sache ansah.

Die nächsten Tage verliefen ereignislos. Anna kam in der ganzen Zeit gar nicht nach Hause und meldete sich auch nicht. Mit war das ganz recht, da mein schlechtes Gewissen ihr gegenüber täglich größer wurde. Auf der anderen Seite hingegen kann es ja nicht ganz falsch gewesen sein, was ich getan hatte, denn ich fand dieses sich-tot-stellen von Anna schon ziemlich kindisch.

Am folgenden Freitag meldete sich Alex wieder bei mir und fragte mich, ob wir wieder gemeinsam in den Club69 fahren wollten. Er hatte vor, sich mit Mandy zu treffen, weil er die ganze Woche nicht dazu gekommen war. Und ich wollte Oxana wiedersehen. Ich hatte die ganze Woche an sie gedacht, aber ich hatte mich nicht getraut sie anzurufen. Ein bisschen fühlte ich mich wie ein verliebter Teenager, ich hatte Schmetterlinge im Bauch und ich war zwischen meinem Verlangen nach Oxana und dem schlechten Gewissen Anna gegenüber hin- und hergerissen. So sagte ich Alex zu und bat ihn, mich abends abzuholen. Gleichzeitig hoffte ich inständig, dass Oxana auch im Club wäre.

Alex war pünktlich um zehn da und wir fuhren sofort Richtung Hannover zur Disko. Dort angekommen, machte Alex sich sofort auf die Suche nach Mandy und ich kam erst einmal mit ihm. Unterwegs ertappte ich mich dabei, wie ich immer wieder nach Oxana Ausschau hielt.

Mandy saß mit zwei Freundinnen an einer der Bars. Sandra war nicht dabei. Sie war, so erzählte Mandy, für ein paar Tage mit ihren Eltern nach Süddeutschland gefahren. Alex war sofort gänzlich von Mandy eingenommen und an ihren Freundinnen, zwei nichts sagenden Brünetten im Sachbearbeiterinnen-Look, war ich nicht wirklich interessiert. Also verabschiedete ich mich von Alex und sagte ihm, dass ich mich im Laden ein wenig umgucken wolle. Mir war klar, dass ich auf der Suche nach Oxana war.

Auf der Tanzfläche entdecke ich sie dann auch. Heute hatte sie ein aufregendes weißes Kleid im Marylin-Monroe-Stil an und sah einfach atemberaubend aus. Ich beobachtete sie beim tanzen. Von der Seite tanzte sie ein Türke an, einer von der Sorte, deren Haare anscheinend in der Friteuse gegeelt worden waren. Oxana bemerkte es und drehte sich demonstrativ von ihm weg. Das wollte er nicht akzeptieren und umtanzte sie so, dass er wieder vor ihr stand. Dabei bewegte er sein Becken in einer absolut vulgären Art vor ihr. Wieder drehte Oxana sich von ihm weg und wieder stellte er sich fordernd vor sie. Ich musste handeln, also ging ich zu ihr, tanzte sie ebenfalls an, allerdings nicht auf eine so billige Art, wie der Türke es tat. Dabei lächelte ich sie an. Sie freute sich, mich zu sehen und nahm mich gleich in den Arm, als sie mich sah.
"Hey, warum hast du dich denn nicht bei mir gemeldet? Ich habe die ganze Woche auf deinen Anruf gewartet."
"Sorry, weißt du, auch wenn sich das blöd anhört, aber ich hab mich irgendwie nicht getraut. Aber heute bin ich extra hergekommen um dich zu sehen."
Sie nahm mich an der Hand und zog mich von der Tanzfläche. Der Türke warf mir böse Blicke zu.
Zusammen gingen wir zu einer Bar, aber nicht zu der, an der Alex mit Mandy und deren seltsamen Freundinnen saß. Ich bestellte uns zwei Wodka-Energy. Dann redeten wir. Ich erzählte ihr, dass ich in der vergangenen Woche viel an sie gedacht hatte. Ihr war es genauso ergangen. Unsere Chemie schien einfach zu stimmen. Wir küssten uns, diesmal aber gesitteter. Dann redeten wir weiter. Oxana erzählte mir, dass sie neunzehn Jahre alt sei und ihren Bruder Juri, der in Hannover wohnte, in den Semesterferien besuchte. Sie wohnte selbst eigentlich in Warschau, wo sie Medizin studierte. Sie hatte einige Jahre ebenfalls in Hannover gewohnt, war nach ihrem Abi vor zwei Jahren aber nach Warschau gezogen, wo sie auch geboren

worden war. Das machte mich natürlich ein wenig traurig, denn mit Oxana hätte ich gern mehr Zeit verbracht und nun war sie nur auf einen kurzen Besuch in Deutschland. Ihr ganzes Wesen zog mich immer mehr in den Bann. Ich ertappte mich dabei, wie ich sie immer wieder mit Anna verglich, die so ganz anders als sie war. Mit Oxana hätte ich mir, obwohl ich sie erst so kurz kannte, direkt eine Beziehung vorstellen können. Mir war sofort klar, dass ich für sie Anna auf der Stelle verlassen würde.

Ihr Bruder Juri, wieder in einem perfekt sitzenden Anzug gekleidet, kam zu uns an den Tisch.

"Hey Juri, erinnerst du Dich noch an Tom von letzter Woche?" Er musterte mich kurz. "Hallo Tom." Dann gab er mir seine Hand zur Begrüßung. Juri setze sich zu uns und wir unterhielten uns über Gott und die Welt. Er wollte mit Oxana noch zum Steintor fahren. Das Steintor war seit Jahren das Rotlichtviertel in Hannover, mit Puffs und Stripclubs. In den letzten Jahren hatten dort auch diverse Clubs eröffnet, und so hatte sich der Hannoversche Kiez langsam aber sicher in eine Partymeile verwandelt, wo das eigentliche Sexgeschäft aber immer noch nicht zu kurz kam. Oxana schlug Juri vor, dass ich mitkommen solle. Wie es aussah, wollte sie noch ein wenig Zeit mehr mit mir verbringen, was mich natürlich freute. Ich sagte Alex Bescheid, der noch immer mit Mandy und deren Freundinnen an der anderen Bar saß.

Juri war heute mit einer schwarzen Mercedes E-Klasse im Avalon, so dass er mich mitnehmen konnte. Auch dieser Mercedes war, ebenso wie der SL von Juri, dezent getuned und voll ausgestattet.

Zu dritt fuhren wir zum Steintor. Juri parkte vor einem der Club in der Scholvinstraße.

"Ich muss kurz zu den Mädels und noch was mit Robert klären. Geht ihr so lange ins Havanna, ich hole euch da nachher da ab."

Wir stiegen aus dem Wagen. Oxana und ich machten uns auf ins nur wenige Meter entfernte Havanna, einem Club, in dem House-Music gespielt wurde. Juri indes machte sich auf zum einem der Laufhäuser, der Love-Lounge.

Oxana stürmte sofort auf die Tanzfläche und legte los. Später nahm sie mich zur Seite.

"Wie sieht's aus, willst du auch ein Näschen?"

Ich wollte. Zusammen gingen wir zu den Toiletten. Oxana hielt ein Beutelchen mit Koks hoch.

"Das musst du dir aber erst verdienen." Dabei lächelte sich mich schelmisch an. Diesmal hatte ich, bevor ich von zu Hause losgegangen war, Kondome mitgenommen. Ich zog Oxana in eine der Kabinen, nahm ihr den Koksbeutel aus der Hand und steckte ihn ein. Dann begann ich, sie stürmisch zu küssen. Das gegenseitige Verlangen war sofort wieder wie ein Feuer entflammt. Wir fielen richtiggehend übereinander her. Ich drückte sie gegen die Kabinenwand der Toilette und nestelte an meinem Reißverschluss. Schon in Vorahnung bzw. Hoffnung auf den heutigen Abend hatte ich mir keine Unterwäsche angezogen, so dass er sofort bereitstand. Während ich Oxana weiter küsste, zog ich mir das Gummi über, was gar nicht so einfach war. Dann zog ich ihr Kleid hoch, schob mit dem Finger ihren Slip zur Seite, der ohnehin mehr zeigte, als er verbarg, und drang im Stehen in sie ein. Die Tür zum Toilettenvorraum ging auf und es erregte mich noch mehr, dass wir Zuhörer hatten. Ich stieß immer wieder zu und Oxana drückte sich an die Wand und stöhnte lustvoll. Fast gleichzeitig kamen wir zum Höhepunkt. Es war wieder unbeschreiblich schön. Mit Oxana hatte ich Sex in einer Art erlebt, wie noch niemals zuvor. Wild aber gleichzeitig auch absolut erfüllend. Jemand bollerte plötzlich von außen gegen die Tür.

"Hey, aufmachen!"

Ich zog das Gummi ab, warf es ins Klo und spülte. Vor der Tür stand ein Türsteher.

"Was macht ihr denn hier? Auf dem Klo wird nicht rumgevögelt." Er guckte sehr grimmig. Dann stutze er. "Hey, bist du nicht die Schwester von Juri?"

Oxana nickte. Sofort wurde der Mann in Schwarz freundlicher. "Ok, aber bitte nicht noch mal hier auf dem Klo, ja? Und grüß Deinen Bruder mal von Olaf."

Dann grüßte er mit einer Art militärischer Geste und verließ die Toilette.

"Dein Bruder scheint ja eine ganz gute Nummer hier zu sein, was?"

"Ja, schon. Der hat hier viele Bekannte. Er hat drüben in dem Laden auch ein paar Frauen für sich arbeiten. Und daher kennt er auch die ganzen Leute hier am Steintor."

"Ist der Zuhälter?" Das war mir schneller rausgerutscht, als ich drüber nachdenken konnte. Aber Oxana nahm es mir nicht übel.

"Ja, aber die Mädels arbeiten freiwillig, also nicht unter Zwang oder so. Mir persönlich gefällt das Metier nicht so, aber er unterstützt unsere Familie in Polen damit. Mein Vater ist schwerbehindert und sitzt im Rollstuhl und meine Mutter ist auch schwer krank. Die haben beide nur eine kleine Rente und ohne Juris Hilfe könnten die gar nicht existieren. Und ich könnte ohne ihn nicht studieren. Also muss ich diesen Job von ihm wohl akzeptieren. Aber lass uns jetzt nicht über meinen Bruder reden, sondern lass uns lieber noch ein bisschen tanzen gehen." Damit zog sie mich wieder ins Getümmel. Das Koks hatten wir gar nicht genommen und das brauchten wir auch gar nicht, weil der Sex mit Oxana mich richtiggehend berauscht hatte. Wir tanzten, bis Juri im Havanna auftauchte und uns mit raus winkte.

Vom Steintor aus fuhren wir in die Herschelstraße auf den Straßenstrich von Hannover. Hier war alles, von der minderjährigen Ausreißerin über die alternde Profihure bis zu den Junkie-Nutten vertreten. Auf der anderen Straßenseite standen die Frauen aus Osteuropa und die Zigeunerinnen, die man an ihrer seltsamen Hautfarbe erkannte. Die sahen irgendwie immer schmutzig aus, fand ich. Juri hielt vor zwei spärlich bekleideten Liebesdamen in hohen Stiefeln, beide vielleicht Anfang bis Mitte zwanzig und stark geschminkt. Beide stiegen hinten ein und setzten sich neben mich. Juri fuhr um die Ecke in die Brüderstraße und hielt vor einem Dönerladen. Dann sagte er irgendetwas auf polnisch zu den beiden. Die zwei Nutten gaben Juri Geld, vornehmlich in kleinen Scheinen, und stiegen wieder völlig wortlos aus dem Wagen und gingen die paar Meter zu ihrem Standplatz zurück, um die nächsten Freier zu empfangen.

Weiter ging die Fahrt in die Lister Meile, direkt hinter dem Bahnhof. Im dortigen Bredero-Hochhaus, einer Bausünde aus den 70er Jahren, die gerade neu renoviert wurde, hatte Juri eine große Wohnung in der 22. Etage. Die Aussicht war enorm, man konnte kilometerweit über ganz Hannover sehen. Auch die Wohnung selbst war äußerst geschmackvoll eingerichtet. Dicke Teppiche, eine hochwertige Ledercouch in weiß, ein riesige Plasmafernseher und eine Hightech-Anlage von Bang & Oluffsen waren die Dinge, die mir auf den ersten Blick aufgefallen waren. Und bei genauerem Hinsehen merkte ich, dass auch die Küche extrem teuer gewesen sein muss. Die Ausstattung dieser Küche war vom feinsten und alles war pikobello sauber. Oxana und ich setzten uns zusammen auf die Couch, Juri setzte sich in den dazu passenden großen Ledersessel. Dann stand er noch einmal auf und machte uns allen einen Wodka-RedBull. Wir unterhielten uns. Zuerst hatte ich gedacht, dass Juri etwas unnahbar wäre, aber im Gespräch taute er mehr und mehr auf. Oxana schlief, während Juri und ich uns über Gott und die Welt unterhielten, auf dem Sofa ein. Und so redeten Juri und ich bis tief in die Nacht und freundeten uns richtiggehend an.
"Sag mir Tom, meinst du es ernst mit meiner Schwester?"
"Juri, deine Schwester ist etwas ganz besonderes. Ich habe die ganze Woche an sie denken müssen. Das einzige Problem für mich ist, dass sie in Warschau wohnt. So eine lange Strecke ist schon recht schwierig für eine Beziehung."
"Spiel nicht mit ihr, Tom. Sie hatte viel durchmachen müssen und ich will nicht, dass du sie enttäuschst. Haben wir uns da verstanden?"
"Juri, ich würde gern mit ihr zusammen sein. Wir müssen einfach sehen, was die Zeit bringt. Ich verspreche dir aber, ihr nicht wehzutun."
"Gut, ich vertraue dir. Ich gehe jetzt schlafen. Bleibst du heut Nacht hier? Du kannst bei Oxana schlafen."

Ja, das wollte ich. Ich machte Oxana wach und wir gingen in ihr Zimmer. Auch dieses Zimmer strahlte Eleganz pur aus. Es war ebenfalls komplett in weiß gehalten und die Wände waren halbhoch mit weißen Holzkassetten verkleidet. Statt Teppichen herrschte hier dunkles Parkett vor. Ein Himmelbett aus Stahl mit weißen Tüchern und einer Breite von knapp zwei Metern war der eigentliche Blickpunkt des Zimmers. Auch hier war die Aussicht herrlich, man hatte einen Blick über die ganze Lister Meile mit ihren Altbauten. Oxana zog sich ganz selbstverständlich aus und legte sich nackt in das große Bett. Dann klopfte sie mit der Hand auf die Stelle neben sich, lächelte mich an und sagte mir, ich solle auch ins Bett kommen.

"Oder genierst du dich etwa vor mir?", fragte sie mich ironisch. Innerhalb von Sekunden lagen meine Sachen auf dem Boden und ich neben Oxana im Bett. Die Satinbettwäsche streichelte meine ebenfalls nackte Haut und die Kühle der Laken entlockte mir ein leichtes Kribbeln. Oxana kuschelte sich an meine Schulter und küsste mich, diesmal ganz sinnlich.

"Gute Nacht Traummann."

"Gute Nacht, Traumfrau."

Das Tanzen hatte uns müde gemacht und so schliefen wir beide fast auf der Stelle ein. Auch, wenn wir in dieser Nacht nicht miteinander schliefen, war es trotzdem unheimlich schön, die Nacht gemeinsam mit Oxana zu verbringen.

Obwohl ich nur kurz mit Alex in den Club69 hatte fahren wollen, so war ich nun schon fast vier Tage bei Juri und Oxana. Juri hatte mir Wäsche zum Wechseln gegeben und überhaupt hatte er sich nach unserer kurzen Aussprache als richtiger Kumpel herauskristallisiert. Die Nächte mit Oxana waren absolut erfüllend, in jeder Hinsicht. Aber auch tagsüber hatten wir beide unheimlich viel Spaß zusammen und unternahmen eine Menge.

Am Abend, Oxana hatte Kopfschmerzen und wollte sich schlafen legen, nahm Juri mich wieder zum Steintor mit. Dort begleitete ich ihn zum ersten Mal in die Love-Lounge. Ich war

vorher noch nie in einem Puff gewesen, ich hatte immer eine Freundin gehabt und stand nicht unbedingt darauf, für Sex zu bezahlen. Aber ich war ja auch nicht hier, um Sex zu haben, sondern um Juri bei seinen Geschäften zu begleiten. Die Frauen, alle nur in Unterwäsche, begrüßten Juri herzlich, teilweise sogar mit Küsschen. Von vier der Frauen bekam Juri sofort sein Geld, immer in kleinen Scheinen. Einmal mussten wir warten, bis die Tür wieder offen war. Danach gingen wir in den fünften Stock, wo Juri am Ende des Ganges an eine Tür mit der Aufschrift "Privat!" klopfte. Hinter dem Spion konnte ich eine Bewegung erkennen, dann öffnete sich die Tür. Der Mann, der im Türrahmen stand, war überall behaart. Auf den Armen, hatte er lange schwarze Harre, aus dem schwarzen T-Shirt (Aufschrift: "Schlampe") quollen seine Brusthaare, er hatte einen langen Vollbart, den er sich am Kinn zu zwei Zöpfchen zusammengebunden hatte und sein fettiges langes schwarzes Haar war hinten zu einem Pferdeschwanz zusammengebunden. Als er lächelte und Juri begrüßte, konnte ich sehen, dass er keine Vorderzähne hatte. Dafür betrug der Umfang seines Oberarms ungefähr soviel, wie der Umfang meines Oberschenkels.
"Juri, mein Freund, komm rein."
"Hey Robert. Alles gut? Das ist mein Kumpel Tom."
Wir gingen gemeinsam in das Büro. Überall stapelten sich Kartons von Bringdiensten aller möglichen Länder. Indisch, türkisch, chinesisch, und natürlich italienisch. An der Stirnwand des schmuddeligen Raums standen verschiedene Fernseher, die allesamt an die Videoüberwachung angeschlossen waren, die alle Etagen und die Außentür des Etablissements beobachteten, aufeinander. Das Ganze sah ziemlich wackelig aus. Die zusammengewürfelten Sperrmüllsofas waren von vier weiteren Männern, die sich darauf lümmelten, belagert. Scheinbar waren es Türken.
"Setzt Euch. Tee?"
Ohne eine Antwort abzuwarten, goss Robert mir und Juri starken Tee türkischer Art ein und stellte die überraschend sauberen Teegläschen und Zucker auf den Tisch. Dann unterhielten Juri und Robert sich auf Polnisch, während die

Türken mich nur ansahen. Mir war das Ganze schon ein bisschen unangenehm, da ich aus diesem Milieu außer Juri niemanden kannte. Ich kannte nur diverse Storys und natürlich aus dem Fernsehen einige Geschichten, die sich um Zuhälter und Revierkämpfen zwischen allen möglichen Völkergruppen im Rotlichtmilieu rankten. Aber schnell merkte ich dass hier anscheinend alle gut miteinander auskamen. Überhaupt war es in Hannover in Bezug auf Revierkämpfe in den letzten Jahren sehr ruhig gewesen. Juri gab Robert aus dem Bündel Scheine, die er kurz vorher von den Frauen bekommen hatte, einen größeren Betrag für die Miete der fünf Zimmer.

Ich hatte recht schnell verstanden, wie Juris Geschäft lief: Er brachte Frauen nach Hannover in das Haus von Robert und bekam dafür einen Anteil an dem Umsatz der Frauen. Davon zahlte er an Robert, den Wirtschafter des Etablissements, täglich eine Miete für die Zimmer. Die Differenz war der Gewinn von Juri. Bei den Frauen, die auf der Straße arbeiteten, lief das so, dass Juri von ihnen ebenfalls einen Anteil vom Umsatz bekam, weil er auf sie aufpasste, was hieß, dass er sie vor den richtigen Zuhältern, die die Frauen ausbeuten und ihnen das gesamte Geld abnahmen, aufgrund seiner Connections beschützen konnte.

Wir verabschiedeten uns von Robert und den anderen. Juri erklärte mir, dass Robert unheimlich viel Wert darauf legte, dass man ihm nicht einfach nur die Miete bezahlte, und dann wieder ging, sondern Robert zelebrierte die Bezahlung der Miete richtiggehend. Man musste mit ihm Tee trinken und sich mit ihm unterhalten, bevor man bezahlen durfte. Robert langweilte sich nämlich alleine und daher sorgte er auf diese Art dafür, dass immer jemand bei ihm im Büro war, um ihm Gesellschaft zu leisten.

Mit Juris SL fuhren wir in die Herschelstraße, um die beiden Bordsteinschwalben zu besuchen. Hier ging das Geldverdienen schneller. Beide gaben Juri das Geld passend abgezählt durchs Fenster.

Zusammen cruisten wir noch durch Hannover. Im Volgersweg, beim Amtsgericht, gingen wir beide in den "Club Leonardo", einem polnischen Club. Auch hier wurde Juri von allen Anwesenden herzlich begrüßt. Wunderschöne Frauen in atemberaubenden Outfits kamen auf uns zu, um ihn zu küssen. Juri stellte mich allen vor. In der Ecke saßen ein paar Polen, mit denen Juri etwas Geschäftliches besprechen wollte. Er stelle mir Oleg vor, den einzigen der Anwesenden, der außer Juri in der Runde deutsch sprach. Oleg bat mich, an der Bar auf Juri zu warten.

"Oleg, der Junge ist in Ordnung. Das ist der Freund meiner Schwester, dem können wir vertrauen."

"Ok, dann nehmt Platz."

Wir setzten uns. Auf dem Tisch stand eine große Flasche Wodka. Oleg fragte nicht, ob wir etwas wollten, sondern er stellte zwei Wassergläser vor uns und goss sehr großzügig ein. Dann besprachen sie ihre Geschäfte. Worüber sie sprachen, das konnte ich nicht verstehen, da sie fast ausschließlich polnisch sprachen. Ich fand es gut, dass Juri sich so für mich eingesetzt hatte. Mir imponierte es auch, was für Leute Juri kannte. Dieses etwas anrüchige Milieu hatte mich schon immer fasziniert.

Vom Club Leonardo aus fuhren wir wieder zurück ins Bredero-Hochhaus zu Juris Wohnung. Ich wollte sehen, wie es Oxana ging.

"Du Juri, ich wollte mich noch mal für die letzten Tage bei dir bedanken. Ich finde es echt toll von dir und Oxana, wie nett ihr mich aufgenommen habt."

"Das hab ich doch gern gemacht, kein Problem."

Ich sprach auch das Thema Geld an. Die ganze Zeit über hatten Juri und Oxana alles bezahlt, auch wenn wir weggegangen oder essen gegangen waren. Ich wollte nicht als Schmarotzer dastehen.

"Du kannst nächste Woche was für mich machen. Ich muss ab Montag für drei oder vier Tage nach Berlin. In der Zeit lasse ich Euch die E-Klasse da und dann sammelst du mit Oxana das Geld von den Mädels ein und bezahlst Robert. Du hast ja heute gesehen, wie das geht. Wenn wir morgen wieder auf Tour gehen, dann mache ich eine Ansage und dann funktioniert das auch."

Das war meine Chance, mich für die vergangene Woche zu revanchieren. Also sagte ich ihm zu. Juri imponierte mir mit seiner lockeren Art ungemein und ich war froh, ihm behilflich sein zu können. Oxana schlief noch und ich wollte sie auch nicht wecken. Also setz setzte ich mich noch mit Juri ins Wohnzimmer. Gemeinsam tranken wir noch einen Wodka und dann legte ich mich zu Oxana und nahm sie von hinten in den Arm. So an sie gekuschelt schlief ich ein.

Es war Zeit, mich auch mal wieder zu Hause blicken zu lassen. Ich musste den Briefkasten leeren und mir auch mal wieder eigene Sachen anziehen. Außerdem wollte ich mein Handy-Ladegerät holen, denn mein Handy war seit mittlerweile fast einer Woche leer. Und natürlich musste ich mir langsam auch mal überlegen, was ich mit Anna machen wollte. In der vergangenen Woche hatte ich mich so gut gefühlt, wie lange nicht mehr. Ein Gefühl, dass ich gerade bei Anna seit Ewigkeiten nicht mehr gespürt hatte. Nur mit Mühe konnte ich Oxana davon abhalten, mich zu begleiten. Ich hatte ihr bisher nichts über Anna erzählt, auch nicht, dass es überhaupt jemanden in meinem Leben außer ihr selbst gab.

Juri gab mir seinen Mercedes und ich fuhr nach Lehrte. Da aus dem Briefkasten keine Post herausguckte, ging ich davon aus, dass Anna in der Zwischenzeit zu Hause gewesen sein musste. Ich schloss die Tür auf, da kam Anna auch schon wie eine Furie auf mich zugeschossen.

"Kannst du mir mal verraten, wo du jetzt herkommst? Seit Tagen bist du nicht mehr zu Hause gewesen, keiner weiß, wo du steckst und dein Handy ist auch aus."

"Du bist doch die, die nur einen Zettel hinterlassen, hat, dass du ein paar Tage nicht da bist."

"Wenigstens habe ich dir eine Nachricht hinterlassen, aber dass hat der Herr ja nicht nötig. Also, bei welcher Schlampe warst du?"

Ich merkte, dass ich rot wurde.

"Wie kommst du denn darauf, dass ich bei einer anderen Frau war?"

"Wo sollst du denn sonst gewesen sein?"

Dann fing sie an zu weinen. Diese Masche zog sie gern ab, wenn die Aggressionsnummer bei mir nicht funktionierte.

"Ich kann nicht mehr Tom, und ich will auch nicht mehr." Und plötzlich brüllte sie. "Verpiss Dich! Pack deine Sachen und verpiss Dich. Geh zurück zu Deiner Schlampe, die kannst du ja dann ficken. Aber geh mir aus den Augen!"

Ich wollte die Sache mit Anna nicht sofort beenden, immerhin würde Oxana bald wieder nach Warschau zurückgehen und wer wusste, wann ich sie wiedersehen würde? Daher beschloss ich, erstmal kleine Brötchen zu backen und nicht sofort eine Gegenreaktion zu bringen, die mir auf der Zunge lag. Immerhin war Anna diejenige, die sich in den letzten Wochen und Monaten mir gegenüber frigide gezeigt hatte.

"Ich packe jetzt ein paar Sachen und verschwinde wieder. Lass uns in Ruhe sprechen, wenn du dich wieder einigermaßen beruhigt hast. Und nur zu deiner Info, ich war bei einem Freund und da fahr ich jetzt auch wieder hin."

"Ein Freund? Was für ein Freund? Wen willst du eigentlich ver-arschen? Glaubst du die Scheisse, die du mir hier erzählst eigentlich selbst?"

Ohne zu antworten, ging ich ins Schlafzimmer, packte ein paar Sachen ein, vergaß auch das Ladegerät für mein Handy nicht und griff mir beim Hinausgehen meinen Stapel mit der Post. Dann fuhr ich wieder nach Hannover zu den beiden. Ich beschloss auf der Fahrt, dass ich Oxana die Wahrheit über Anna und das Scherbenfeld unserer Beziehung erzählen wollte. Sie nahm es sogar sehr gefasst auf. Immerhin hatte ich mich ja für sie entschieden und das freute sie. Sie war nur, so wie ich auch, sehr traurig, dass sie bald wieder nach Warschau zurückmüsse. Die Zeit bis dahin wollten wir beide uns aber noch so schön wie möglich machen. Im Schlafzimmer landeten wir sofort wieder im Bett, aber diesmal schliefen wir sehr romantisch miteinander.

Abends machte ich mich mit Juri wieder auf den Weg zum Steintor, damit er mir die Frauen persönlich vorstellen konnte. Alle nahmen mich positiv auf und schließlich landeten wir wieder bei Robert im Obergeschoss. Auch mit ihm besprach Juri alles und Robert schickte zur Feier des Tages und meiner Einführung in die „Szene", wie er es nannte, erstmal einen der übrigen Anwesenden zum Türken um eine große Dönerplatte für uns alle zu holen. Nach einem reiflichen Essen, einem puren Fressgelage, fuhren wir zum Straßenstrich, um bei Olga und Ivona Juris Anteil abzuholen und um mich vorzustellen. Mittlerweile ließ Juris mich seinen SL fahren, er genoss es anscheinend, ausnahmsweise mal nicht selbst fahren zu müssen.
"Also, du hast ja gesehen, wie das geht. Von den Mädels nimmst du pro Abend jeweils zweihundert Euro. Fünfhundert gibst du Robert jeden Abend insgesamt für die Miete von allen Frauen. Wenn irgendwas ist, dann ruf mich an. Kann ich mich darauf verlassen, dass das alles funktioniert?"
"Klar, Juri, ich bin auf jeden Fall jeden Abend für Dich unterwegs. Kein Problem, das mach ich doch gern für Dich. Du hast ja auch so viel für mich getan."
Einige Tage später fuhr Juri nach Berlin. Ich war jeden Abend mit ihm unterwegs gewesen und hatte ihn bei seinen Puff-Touren begleitet. Auch mit Oleg und seinen Leuten hatten wir uns ein paar Mal getroffen, wobei ich aber auch bei diesen Treffen nicht verstand, worum es ging, da auch hier ausschließlich polnisch gesprochen wurde. Natürlich war ich neugierig, worum es bei diesen Treffen ging, aber ich fragte Juri nicht danach. Wenn er es mir erzählen wollte, dann würde er das noch von sich aus tun. Ich hatte die Tage und Nächte allesamt bei Oxana und Juri im Bredero verbracht. Anna hatte sich in der ganzen Zeit nicht bei mir gemeldet. Es schien ihr mit unserer Trennung also ernst zu sein. Nur Jasmin hatte mich einmal angerufen, aber wir hatten nur kurz gesprochen und ich ging davon aus, dass dieser Anruf von Anna initiiert worden war, um

zu hören, was ich machte. Allerdings ging es dabei wohl eher um Neugierde, als um wahres Interesse. Da ich zu der Zeit, als Jasmin gerade anrief aber mit Oxana im Bett gelegen hatte, hielt ich mich insgesamt sehr bedeckt.

Pünktlich um 22.30 Uhr tauchte ich zum ersten Mal alleine bei Robert im Bordell auf. Zielgerichtet ging ich zu Juris Frauen, die mich alle nett begrüßten und mir auch bereitwillig die zweihundert Euro gaben. Juri hatte mich bei den Frauen vorgestellt und ich wollte Juri natürlich beweisen, dass er mir nicht nur voll vertrauen konnte, sondern auch, dass ich alles problemlos im Griff hatte. Juri war, obwohl wir uns erst so kurz kannten, schon wie eine Art großer Bruder für mich geworden.
Mit dem Geld in der Tasche, wieder kleine Scheine, vornehmlich Zehner und Zwanziger, begab ich mich zu Robert. Ich wurde von allen Anwesenden gleich herzlich begrüßt. Sekunden später stand schon der obligatorische Tee auf dem Tisch. Robert und ich unterhielten uns ein wenig und er zollte mir Respekt, dass ich Juri vertrat und dass Juri in so kurzer Zeit solch ein Vertrauen in mich gesetzt hatte. Ich zahlte Robert die tägliche Miete von fünfhundert Euro für die Zimmer und machte mich auf den Weg zum Straßenstrich in die Herschelstraße zu Ivona und Olga.

Beide waren nicht an ihrem Platz, hatten also Kundschaft. Ich parkte in der Brüderstraße, gleich um die Ecke, und wartete auf die beiden. Schon nach kurzer Zeit parkte ein großer BMW vor Ivonas Standplatz und Ivona steig aus. Zu Fuß ging ich die paar Meter zu ihr. Auch sie erkannte mich gleich und begrüßte mich herzlich. Da tauchte auch schon Olga auf, die aus einem typischen Familienkombi mit Kindersitz auf der Rückbank ausstieg. Auch die beiden gaben mir die geforderte Summe anstandslos und ich machte mich wieder auf den Weg zur Wohnung und zu Oxana. Wir verbrachten den Abend ganz ruhig und gingen recht früh schlafen. Die folgenden Tage verliefen ruhig. Tagsüber unternahmen wir verschiedenes, gingen an den Maschsee, bummelten in der City und abends holte ich Juris

Geld vom Strich und bezahlte Robert absprachegemäß. Mit den Frauen gab es keinerlei Probleme, alles verlief ruhig.

Am Freitag wollte Juri abends aus Berlin zurückkommen. Oxana und ich räumten die Wohnung auf und ich wollte noch eben duschen gehen. Als ich unter der Dusche stand, klingelte mein Handy und Oxana ging ran. Als sie sich mit "Hallo?" meldete, antwortete niemand, der Anrufer legte sofort wieder auf. Wie sich herausstellte, war der Anrufer Anna. Sie rief wenige Minuten später erneut an und als ich mich diesmal meldete, beschimpfte sie mich und überzog mich mit einer Kanonade an Schimpfwörtern und Beleidigungen.

"Du Dreckstück. War das deine neue Schlampe?"

"Hallo Anna."

"Hallo Anna. Hallo Anna", äffte sie mich nach, "ist das alles, was dir dazu einfällt?"

"Anna, was soll ich dir jetzt antworten?"

"Du brauchst gar nicht zu antworten. Verpiss dich und lass mich einfach in Ruhe. Das war's jetzt endgültig. Mir reichts."

Dann legte sie auf. Die Ironie, dass sie angerufen hatte, mich aber bat, sie in Ruhe zu lassen, ging dabei fast unter. Oxana nahm mich in den Arm.

"Tom, so eine Frau hat Dich nicht verdient."

„Was soll ich tun? Wir sind jetzt seit fast zwei Jahren zusammen. Dass das alles so nicht weitergeht, das weiß ich auch. Vielleicht ist es sogar am besten so. Ich habe auch keine Lust mehr. Und ich will mir diesen ganzen Stress auch nicht mehr geben. Mit dir ist das alles so ganz anders. Schöner, ruhiger, harmonischer. Ich bin wirklich froh, dass wir beide uns kennen gelernt haben."

Oxanas Blick wurde ganz weich. Sie nahm mich in den Arm und küsste mich. Ich war unglaublich verliebt, und ich hoffte, dass es Oxana genauso ging. Nein, ich wusste, dass es ihr genauso ging. Wir gingen in Oxanas Zimmer und kuschelten ein wenig.

Juri kam gegen sechs Uhr nach Hause. Er fragte mich, ob alles gut gelaufen sei. Ich rechnete mit ihm ab und er war stolz auf mich, dass ich alles ohne Probleme hinbekommen hatte und die

Abrechnung centgenau stimmte.

"Tom, das hast du sehr gut gemacht. Du hast mir gezeigt, dass ich mich auf dich verlassen kann."

Juris Lob imponierte mir. Er hatte mich bei sich aufgenommen, als wir uns kaum kannten und ich war froh darüber, ihm zeigen zu können, dass er sich auf mich verlassen konnte.

"Wenn du schon als mein Stellvertreter meine Geschäfte für mich führst, dann möchte ich dir auch etwas dafür geben."

Er zählte aus dem ganzen Haufen kleiner Scheine, die ich ihm gegeben hatte, einen Betrag von fünfhundert Euro ab.

„Ist es in Ordnung für Dich, wenn wir das ab jetzt jede Woche so regeln?"

Zweitausend Euro im Monat! Natürlich war das in Ordnung! Ich konnte mein Glück kaum fassen.

"Und nun müssen wir ein bisschen was für dein Aussehen tun. Dein Style gefällt mir nämlich nicht. Mein Stellvertreter muss auch wie mein Stellvertreter aussehen."

Gemeinsam fuhren wir in die City in die Luisenstraße am Hauptbahnhof. In der dortigen "Galerie Luise" befand sich das "Sébastian" eine sehr edle Boutique, die hauptsächlich Marken wie Dolce & Gabbana, Prada oder Gucci führte. Oxana und Juri suchten mir zwei komplette Outfits raus, einmal einen perfekt sitzenden Anzug von Dolce & Gabbana und einmal ein Freizeit-Outfit, ebenfalls von D & G. Den Anzug behielt ich gleich an und ich fühlte mich verdammt gut darin, fast wie ein neuer Mensch. Juri zahlte alles und als ich sah, wie teuer das alles zusammengerechnet war, fast dreitausend Euro, da wurde mir schon ein wenig mulmig.

"Mach dir mal keine Sorgen, da regeln wir schon", meinte Juri, als er meinen Blick beim Bezahlen sah.

Zurück in der Wohnung holte Juri aus seinem Schlafzimmer ein weiteres Accessoire für mich. Er gab mir eine Uhr. Sie war wunderschön, es handelte sich um eine weiße Rolex Daytona in Stahl, eine Uhr, von der ich wusste, dass sie kaum zu bekommen war, da die Nachfrage sehr viel höher als die hergestellte

Stückzahl war. Der Preis für diese Uhr lag bei über zehntausend Euro.

"Die bekommst du erstmal leihweise von mir. Die passt gut zu deinem Anzug."

Beinahe ehrfürchtig legte ich die Uhr an. Sie passte wirklich gut zu mir. Noch vor ein paar Wochen hatte ich mir zwanzig Euro in der Tasche gehabt und jetzt hatte Juri in nicht einmal zwei Stunden fast mein ganzes Leben verändert.

"Oxana hat mir gesagt, dass du zu Hause Ärger mit deiner Freundin hast. Du weißt ja, wie ich darüber denke. Du bist mit meiner Schwester zusammen, und ich will nicht, dass sie unglücklich ist, sondern ich will, dass sie glücklich ist. Und deshalb möchte ich, dass du hier erstmal fest einziehst. Solange Oxana noch hier ist müsst ihr euch das Zimmer teilen, aber danach ist es dein Zimmer."

Juris Ton ließ keine Widerrede zu. Und ich war froh, dass er mir eine Entscheidung abgenommen hatte, über die ich schon den ganzen Tag am nachdenken gewesen war. Ich würde Anna verlassen und zu Juri ziehen. Auch, wenn Oxana bald wieder nach Warschau zurückgehen würde, wäre sie noch lange nicht aus der Welt. Und eine Beziehung zu Oxana war mir weitaus lieber, als diesen Psychokrieg mit Anna weiterhin ertragen zu müssen. Also sagte ich Juri zu und bedankte mich herzlich für sein großzügiges Angebot. Um auch gleich Nägel mit Köpfen zu machen, rief ich auf Annas Handy an. Sie drückte mich weg. Auch beim zweiten und dritten Versuch. Ich wollte es jetzt gleich abschließen, bevor ich doch wieder den Mut dazu verlieren würde, kam ich nicht durch. Also schrieb ich ihr eine SMS.

"Hallo Anna. Du hast Recht, so geht es nicht weiter. Ich denke, es ist besser, wenn ich in den nächsten Tagen meine restlichen Sachen hole und wir die ganze Sache damit beenden. Tom"

Ihre Antwort folgte kurz und bündig: "Scheisskerl!" Das machte es mir einfacher. Ich fand es zwar ziemlich arm, per SMS Schluss zu machen, aber ich ersparte mir damit immerhin eine weitere, fruchtlose Streiterei mit ihr.

Abends war ich wieder mit Juri auf Tour. Er ließ mich nun immer fahren und mir gefiel es, mit den Autos unterwegs zu sein. Seit ich arbeitslos war, hatte ich kein Auto mehr gehabt und nun saß ich an dem Steuer von einem SL. Das war schon was.

Robert war entspannt und mitteilungsfreudig wie immer. Er war gerade dabei, uns Tee einzuschenken, als Juris Handy klingelte. Er nahm den Anruf entgegen und nur Sekunden später verdüsterte sich seine Miene. Ohne etwas zu sagen, sprang er auf und stürzte zur Tür. "Komm mit", rief er mir zu. Ich lief hinterher. Juri sprang in den Wagen und wir fuhren mit Vollgas zum Hauptgüterbahnhof.
"Was ist denn los?"
"Das war Ivona. Sie hat Probleme", erklärte Juri mir mit grimmiger Miene. Seine Anspannung war ihm anzusehen. Juri hatte Olga und Ivona eingeschärft, ihn bei Problemen sofort anzurufen. Am Telefon hatte er nun gehört, wie sich Ivona gegen einen Mann wehrte, der sie anscheinend vergewaltigen wollte. Sie hatte es geschafft, Juri anzurufen, weil er damals darauf bestanden hatte, seine Nummer auf Hotkey in ihr Handy einzuspeichern. So mussten die Frauen, die für Juri auf der Straße arbeiteten, im Notfall nur lange auf die Taste 2 auf ihrem Handy drücken, und die Verbindung zu Juri wurde hergestellt.
Ivona fuhr mit ihren Kunden immer zum Hauptgüterbahnhof in der Nähe der Herschelstraße. Hier war es sehr ruhig, obwohl der Bahnhof sehr zentral, also nur wenige Minuten vom Strich entfernt, lag. Deshalb war dies auch unser Fahrtziel, da wir sie dort mit ziemlicher Sicherheit vermuteten. Falls sie nicht dort war, hätten wir ein Problem.

Auf dem Parkplatz vom Güterbahnhof standen nur zwei Wagen. Ein älterer Golf und ein Opel Zafira. Juri fuhr mit hoher Geschwindigkeit auf den Parkplatz und hielt auf den näher stehenden Golf zu. Doch im Scheinwerferlicht war schnell zu erkennen, dass die beiden Insassen beschäftigt miteinander waren. Der Kopf der Frau war unter dem Armaturenbrett verschwunden, der Mann hatte sich entspannt zurückgelehnt und seine Hände hinter seinem Kopf verschränkt. Also hielt Juri nun auf den Opel Zafira zu. Dieser Wagen war am wackeln. Juri bremste hart ab und kam auf dem Schotter rutschend zum stehen. Sofort sprang er aus dem Wagen, lief nach hinten zu seinem Kofferraum und rannte mit einer Baseballkeule in der Hand zum Fahrerfenster. Mit einem gezielten Schlag zertrümmerte er das Fenster, das sich in einem Scherbenregen auf den Boden und in das Innere des Wagens ergoss. Juri riss die Tür auf und zog den, sich über Ivona windenden Mann mit einer einzigen Bewegung aus dem Wagen. Dann zog Juri ihn auf die Beine und schlug seinen Kopf gegen das Fenster der hinteren Tür. Der Mann schrie, Blut spritzte aus seiner gebrochenen Nase. Seine Hosen und Unterhosen schlotterten um seine Knie. Ich war mittlerweile ausgestiegen und ging um den silberfarbenen Zafira herum, um mich um Ivona zu kümmern und zu sehen, ob alles bei ihr in Ordnung war. Der Mann hatte sie geschlagen, sie hatte ein blaues Auge und blutete aus der Nase und leicht aus dem Mundwinkel. Anscheinend hatte sie sich bei dem Schlag auf die Zunge oder die Lippe gebissen. Auch Ivona war untenrum nackt. Ein Träger ihres BHs und ihr Slip waren zerrissen. Das rief ich Juri zu. Der Mann hatte Angst, das konnte ich sogar im Dunkeln und von meinem Standplatz aus erkennen. In Juris Augen funkelte Mordlust.

"Du Hurensohn. Was hast du mit meinem Mädchen gemacht?" Er schlug dem Mann in den Magen.

"Du gottverdammter Wixer, ich ficke dein Leben!" Wieder schlug Juri zu. In den Magen, ins Gesicht, immer und immer wieder. Der Mann winselte und schrie. Dann hielt Juri sich zum Glück ein bisschen zurück, bevor etwas schlimmeres passierte. Der Mann hatte seine Lektion bekommen, es stellte sich nun nur noch die Frage, wie es weitergehen sollte.

"Ok, du Wixer. Hör zu. So kann ich die Frau nicht arbeiten lassen."

Juri zeigte auf Ivona, die sich an den Wagen lehnte. Ihr Auge war mittlerweile dick angeschwollen. Das Blut hatte sie mit einem Taschentuch, das ich ihr gegeben hatte, gestillt.

"Du wirst mir den Schaden ersetzen müssen." So wie Juri das sagte, war klar, dass er keinerlei Widerspruch zuließ.

"Hey, wir werden das doch sicherlich regeln können, Mann". Kleinlaut hob der Mann die Hände.

"Du brauchst gar nicht mit mir zu diskutieren. Du schuldest mir fünftausend Euro."

"Fünftausend Euro? Das ist doch jetzt ein Scherz, oder?"

"Sehe ich so aus, als würde ich scherzen? Hör zu Kollege, damit kommst du noch gut weg, ich hoffe, das ist dir klar. Wie viel hast du bei dir?"

"Ich sehe gar nicht ein, jetzt irgendwas zu bezahlen."

"Tom, ruf die Polizei, dass hier eine Vergewaltigung vorliegt."

"Hey hey, wir beide können das doch klären, oder? Ich habe Frau und Kinder."

Ich mischte mich ein. "Ich setze jetzt ein Schreiben auf, das unterschreibt er und wenn er dann nicht zahlt, dann geht das direkt an die Polizei."

Der Mann war einverstanden und so setzte ich zwei Dokumente auf. Eines war ein Schuldschein über fünftausend Euro mit einer Zahlungsfrist von zwei Wochen. Bei dem anderen Dokument handelte es sich um ein Geständnis, in dem der Mann bestätigte und gestand, Ivona vergewaltigt zu haben. Außerdem gab er in dem Papier zu, sie weiterhin körperlich misshandelt zu haben. Zum Schluss nahm Juri ihm seinen Personalausweis als Sicherheit ab. Ich machte mir keine Gedanken darüber, dass wir mit dem Vergewaltiger Probleme kriegen würden. Zu viel stand für ihn auf dem Spiel.

"Morgen um sechs treffen wir uns hier und dann will ich schon mal eine Anzahlung von dir haben."

Der Mann willigte ein und sah nun zu, dass er sich in sein kaputtes Auto setzte und losfuhr.

Ivona hatte sich mittlerweile beruhigt. Juri rief ihr ein Taxi weil der SL ja nur ein Zweisitzer war. Sie sollte sich den restlichen Abend freinehmen, und sich ausruhen. Dann beruhigte Juri sie auf Polnisch, was ich nicht verstand. Wir warteten noch, bis das Taxi da war, dann fuhren wir zurück zu Robert.

"Das hast du gut gemacht heute. Ich bin stolz auf dich", lobte er mich.

Pünktlich um sechs am nächsten Abend fuhren Juri und ich mit dem SL wieder zum Güterbahnhof. Der Zafira war da. Wir hielten neben dem Wagen und stiegen aus. Der Vergewaltiger, Jochen Brinkmann, war nicht alleine gekommen. Zwei Türken stiegen ebenfalls aus dem Zafira aus. Mir war sofort klar, dass sie auf Ärger aus waren. Der Größere der beiden ging sofort verbal auf Juri los.

"Was spielt ihr Jungs hier eigentlich für ein Spielchen? Unser Freund hat uns erzählt, dass ihr ihn erpresst."

Juri blieb ganz ruhig. "Euer Freund hat mein Eigentum beschädigt und muss nun Strafe zahlen."

"Was für eine Strafe? Für wen hältst du dich, dass du Strafen verhängen kannst?"

Juri ging darauf nicht näher ein.

"Dein Freund hat eins meiner Mädchen vergewaltigt und geschlagen. Ich kann sie mit den Verletzungen nicht arbeiten lassen und dadurch verliere ich Geld."

Die beiden Türken unterhielten sich kurz und hektisch in ihrer Sprache.

"Jochen, ist es so wie er sagt? Hast du seine Frau geschlagen?"

Brinkmann wurde unsicher und fing an zu stottern. Das großkotzige Grinsen war von seinem Gesicht verschwunden. "Ich erzähle euch keine Märchen. Die Frau fällt für mindestens eine Woche aus und ich mag es nicht, wenn irgendeine dahergelaufene Kartoffel sich herausnimmt, meine Frau zu schlagen und zu vergewaltigen. Ich hätte die Polizei rufen können, aber eigentlich hatte ich gedacht, dass wir das unter uns regeln könnten. Aber euer Freund hier scheint ja nicht wirklich einsichtig zu sein, denn sonst hätte er auch nicht angelogen."

Für die beiden Türken schien die Sache damit klar zu sein.

"Wir wollen keinen Ärger. Du hast unser Wort, dass er dir all dein Geld bis Montag gegeben hat."

"Ok, sobald ich das Geld habe, bekommt er seine Papiere zurück."

„Wir wären dir sehr verbunden, wenn du uns die Papiere dann aushändigen würdest", sagte der kleinere von beiden mit einem Seitenblick auf Jochen Brinkmann.

"Derjenige, der mir das Geld gibt, bekommt von mir die Unterlagen. Alles Weitere müsst ihr dann unter euch ausmachen, da halte ich mich raus."

Wir gaben den Türken die Hand, damit war der Deal besiegelt. Auf ihr Wort würden wir uns wohl verlassen können. Jochen Brinkmann wurde weitestgehend ignoriert. Er hatte jetzt an den Reaktionen seiner Freunde und von uns begriffen, dass er sich keine Fehler mehr leisten konnte. Mit der heutigen Aktion hatte er sich keinen Gefallen getan.

Montagabend um sechs Uhr händigte er uns die komplette Summe von fünftausend Euro aus. Die unterschriebenen Papiere, also sein Geständnis und den Schuldschein, bekamen seine türkischen Freunde Ich ging davon aus, dass noch mal eine nicht unerhebliche Summe an die beiden zu zahlen hatte, aber das ging uns nichts an.

Anna hatte von mir eine SMS bekommen, dass ich am nächsten Tag vorbeikommen würde, um ein paar Sachen von mir abzuholen. Ich hoffte, dass sie nicht zu Hause war, damit es nicht noch zu einer offenen Auseinandersetzung kommen würde. Ich hatte Glück, denn sie war wirklich nicht da und so packte ich schnell meine Kleidung in ein paar Müllsäcke und nahm meinen Laptop mit. Auch einige Papiere und Unterlagen und zwei Kartons persönlicher Dinge kamen ins Auto. Die Möbel ließ ich komplett zurück. Mein Zimmer in Juris Wohnung war vollständig und hochwertig eingerichtet, so dass ich von meinen alten Möbeln keine benötigte. Ich hinterließ eine Nachricht für Anna, dass ich meinen Anteil an der Miete noch für drei Monate zahlen würde, sie müsste sehen, wie sie das dann weiter handhaben wolle. Als ich die Tür zu meinem alten Leben zum letzten Mal zuzog, spürte ich nichts. Keine Enttäuschung, kein keine Trauer. Ich warf den Schlüssel zur Wohnung in den Briefkasten. Das Kapitel war erledigt, Anna war Geschichte.

Abends, nach der allabendlichen Runde, trafen wir uns wieder mit Oleg und seinen Leuten im Club Leonardo. Wieder wurde nur polnisch geredet, aber diesmal war die Stimmung eine andere. Irgendetwas lag in der Luft. Hatten die Gespräche in der letzten Zeit nur immer ca. eine halbe Stunde gedauert, so waren wir jetzt schon über drei Stunden im Leonardo. Langsam schien die Besprechung sich dem Ende zuzuneigen. Oleg hatte viel auf kleinen Zetteln rumgemalt und es war auch recht viel Alkohol getrunken worden. Ich hatte nur mitbekommen, dass es um Autos ging. Juri würde mir bestimmt erklären, um was es dabei ging, denn Oleg hatte auch des Öfteren in meine Richtung gezeigt. In den vorhergehenden Treffen hatte er mich nie wirklich beachtet. Sicherlich lag etwas in der Luft, wo ich nun beweisen konnte, dass ich loyal war und man mir vertrauen konnte. Wir verließen das Leonardo, ich fuhr, da Juri dem Wodka zum Schluss gut zugesprochen hatte. Unterwegs ließ er die Katze aus dem Sack: Oleg hatte einen Abnehmer für gestohlene Autos in Russland kennen gelernt. Der Deal sollte so ablaufen, dass die Autos nach Berlin oder nach Frankfurt / Oder gelieferte werd werden mussten und dann vom Abnehmer dort in Empfang genommen wurden. Direkt bei dieser Übergabe gab es dann Bargeld. Damit entfiel der gefährliche Grenzübertritt über die Oderbrücke nach Slubice in Polen, bei der stichprobenartig die Autos auf Diebstahl überprüft wurden, indem die Computer abgefragt wurden. Juri war zuerst gegen die ganze Aktion, hatte sich aber später von Oleg überreden lassen und war mittlerweile von der Idee ganz begeistert. Der Profit würde fast komplett bei uns bleiben, nur Oleg sollte pro Wagen eine Beteiligung von ungefähr fünfhundert Euro für den Tipp bekommen. Ich hatte mit so etwas wie Autodiebstahl nie etwas zu tun gehabt und konnte mir gar nicht vorstellen, wie das im Einzelnen überhaupt ablaufen sollte. Die ganze Sache kam mir ziemlich gefährlich vor.

"Wie willst du das denn anstellen?"

"Wir müssen überlegen, wie wir am besten an die Wagen kommen. Ich hab da schon ein paar Ideen. Aber wir brauchen Leute dafür. Leute, die Autos knacken können."

Ich war damals mit einem Thomas zur Schule gegangen, der später auf die schiefe Bahn geraten war. Er hatte Autos geknackt, zuerst nur, um die Radios zu klauen, aber später hatte er sich auch öfter das ganze Auto mitgenommen für eine Spritztour. Mittlerweile hatte Thomas, so hatte ich erfahren, ein großes Drogenproblem. Er war Kokser und somit für unsere Zwecke bestimmt gut geeignet. Ich erzählte Juri von Thomas und Juri war sofort Feuer und Flamme. Das Problem war nur, dass ich von Thomas keine Telefonnummer mehr hatte und auch keine Ahnung hatte, wo er mittlerweile in Lehrte wohnte. Dass er seine Wohnung noch in Lehrte hatte, dass wusste ich, da ich ihn noch ein paar Wochen zuvor auf der Straße getroffen hatte. Da es heute schon recht spät war, beschlossen wir, am nächsten Tag nach Lehrte zu fahren und uns umzuhören. Auch Juri wollte in Ruhe über alle möglichen Leute, die uns vielleicht helfen könnten, nachdenken.

Wir begannen unsere Suche nach Thomas am nächsten Tag gegen Mittag im Zuckerzentrum in Lehrte. Hier traf man eigentlich immer jemanden, den man kannte. Ich dachte auch die ganze Zeit darüber nach, wer noch wissen konnte, wo Thomas wohnte. Olli, der damals ebenfalls in meiner Klasse war, stand mit seiner Freundin an der Käsetheke. Von ihm erhielt ich die Info, dass Thomas in der Obdachlosenunterkunft in der Nordstraße wohnen würde. Bei dieser Unterkunft handelte es sich um insgesamt neun Mehrfamilienhäuser, die Obdachlosen von der Stadt zur Verfügung gestellt wurden. Sie standen allesamt direkt neben der Autobahn A2 und waren fast allesamt in schlechtem Zustand. Duschen gab es nur als Mannschaftsdusche auf dem Gang und geheizt wurde in den Häusern noch mit Öfen, wodurch immer ein rauchiger Geruch über dem Areal hing. Nur zwei der Häuser waren fast neu, da einige Jahre zuvor zwei der alten Häuser einem Brand zum Opfer gefallen waren. Als wir in dem teuren SL in der Obdachlosensiedlung vorfuhren, ernteten wir neidische und argwöhnische Blicke von den Bewohnern. Gleich machten wir uns auf die Suche nach Thomas. Eine blonde Frau, maximal Mitte zwanzig, aber vom Alkohol schon dermaßen gezeichnet und verquollen, dass man sie auch problemlos für Mitte fünfzig hätte halten können, schicke uns zu dem Haus Nummer 3. Keine der Klingeln war mit einem Namen beschriftet, ebenso

die Briefkästen. Auf gut Glück klopfte ich im Erdgeschoss an eine Tür. Eine Gestalt mit verfilzten Haaren und nur wenigen Zähnen im Mund öffnete uns nach erneutem Klopfen die Tür.
"Häh?"
"Wir suchen Thomas Grossmann"
"Der wohnt im Dritten", murmelte die Gestalt, und schlug die Tür wieder zu.
Im dritten Stock klopften wir an die Rechte der beiden Türen. Thomas öffnete Er hatte in den letzten Monaten noch mehr abgenommen und schien gerade erst aufgestanden zu sein. Er hatte sich eine Glatze rasiert und stand nun in einer roten Jogging-Hose und einem Rib-Shirt vor uns. Er sah erbärmlich aus. Zuerst schien er mich nicht zu erkennen, was aber auch an meinem Anzug gelegen haben konnte. Doch dann blinkte ein Zeichen des Wiedererkennens in seinen Augen auf.
"Mensch Tom, was machst du denn hier?"
"Hallo Thomas, kann ich reinkommen? Wir haben etwas Wichtiges mit dir zu besprechen."
Thomas bat uns herein. Seine Wohnung bestand aus einem Zimmer von ca. zwölf Quadratmetern Größe. Der Fußboden war mit verschiedenen Teppichresten belegt, er hatte nur eine alte Couch, auf der er auch zu schlafen schien. Sein Bettzeug lag noch darauf. Anscheinend hatten wir auch ihn gerade aufgeweckt. In dem Zimmer stank es, auf dem Couchtisch und daneben türmte sich der Müll. Der Aschenbecher war wohl schon vor Wochen übergelaufen, das hatte aber augenscheinlich niemanden interessiert.
"Ich würde euch ja gern was anbieten, aber leider hab ich nichts da."
Thomas räumte zwischenzeitlich seine Decke und sein Kopfkissen in den Bettkasten unter dem Sofa, so dass wir uns setzen konnten. Mit ein wenig Smalltalk ging ich in die Vollen.
"Sag mal, was machst du jetzt eigentlich so?"
"Im Moment gar nichts, wieso?" Und mit einem Seitenblick auf meinen Anzug fragte er: "Soll ich für dich Versicherungen verkaufen?"
"Nein aber ich könnte unter Umständen deine Hilfe brauchen. Du hast doch damals immer Autos geklaut, oder?"

Ich wollte nicht lange um den heißen Brei herumreden, also sprach ich gleich Klartext.

"Ja, ab und zu, wieso?"

"Ich brauche einen fähigen Mann, der uns Autos besorgt. Und ich hatte dabei an dich gedacht. Pro Wagen würde ich dir eintausend Euro zahlen. Direkt cash."

Natürlich waren tausend Euro für ein gestohlenes Auto keine Summe, aber ich wusste, dass Thomas dringend Geld für seine Drogensucht brauchte. Würde ich zu großzügig sein, dann würde er sich nach der Lieferung einiger weniger Autos ausruhen, weil ihm die eingenommenen Gelder reichten. Aber ich persönlich war ja daran interessiert, das Geschäft auf möglichst langfristiger Basis aufzubauen. Und eins musste auch klar sein: Thomas war nicht mein Freund, Thomas war nur jemand, der seine Arbeit machen sollte und seinen Obolus dafür bekam. Natürlich musste ich aufpassen, dass, falls er geschnappt werden würde, mein Name nicht auftauchte. Aber dafür würde Juri gleich sorgen, um Ideen in diese Richtung direkt im Keim zu ersticken. Als Thomas hörte, um welche Summen es ging, war er sofort hellwach.

„Was für welche braucht ihr denn? Wie viele? Wann?"

Juri mischte sich ein. „In erster Linie brauchen wir BMWs. X5, und 7er. Und T5 von VW. Ist das ein Problem für Dich?"

Thomas überlegte kurz. Dann erklärte er uns, ganz Profi, was er für die Beschaffung benötigte. „Also für die BMWs brauche ich einen Laptop mit den entsprechenden Programmen. Wo ich das herkriege, weiß ich. Ich habe da eine Konnekte in Hannover. Ist aber nicht ganz billig, da musst du schon mit guten vier Mille rechnen. Dann brauche ich EWS-Steuergeräte und die passenden Motorsteuergeräte. Damit ist das dann kein Problem. Und für die T5 brauche ich eigentlich nur ein paar Chips, die kriege ich aus jedem Unfaller für billig. Und dann das Zündschloss, das kann ich auch aus jedem Unfaller nehmen."

Juri war zufrieden. „Ruf deinen Mann in Hannover an und bestell das alles, was du brauchst und mach einen Termin mit ihm aus."

Thomas nahm sein Handy und wählte. Sein Guthaben war alle, also gab ich ihm mein Handy, da wir nicht wussten, ob Juris Handy sauber war. Thomas rief seinen Freund Werner an, der einen Schrottplatz in Hannover hatte. Dieser sagte zu, bis zum kommenden Montag alles besorgen zu können, verlangte aber gleichzeitig eine Anzahlung von zweitausend Euro. Juri übernahm das Handy und wir verabredeten uns für vier Uhr nachmittags bei einem Möbelhaus im Bauweg in Hannover.

„Und jetzt eins noch: du kannst bei dem Geschäft mit uns gut verdienen. Du hast ein Risiko, aber das ist nicht groß, wenn du vernünftige Arbeit machst. Du musst das Auto immer nur bis nach Hannover bringen. Aber wenn mal etwas sein sollte, dann kennst du uns nicht und kannst uns auch nicht beschreiben. Du brauchst dir um dein Geld keine Sorgen zu machen, ich gebe immer korrekt gleich bei Lieferung. Aber wenn ich rauskriege, dass du redest, haben wir beide ein großes Problem miteinander, hast du das verstanden?"
Die Ansage von Juri war klar und deutlich und Thomas nickte nur. Er schien zu verstehen, dass Juri keine Späßchen machte. Wir verabschiedeten uns, aber nicht, ohne noch Telefonnummern auszutauschen. Juri ließ Thomas fünfzig Euro Handgeld da. Dann machten Juri und ich uns auf den Weg nach Hannover, um pünktlich zum Möbelhaus am Bauweg zu kommen. Dort wollten wir uns mit Werner treffen, der die Geräte, die Thomas benötigte, beschaffen wollte.

Der Bauweg lag im hannoverschen Stadtteil Linden in einem Gewerbegebiet. In erster Linie lagen in und am Bauweg Produktionsstätten, Autowerkstätten und ein Schrottplatz. Unweit des Möbelhauses an der Ecke vom Bauweg hatten die Manager von VW einige ihrer Affären mit den Prostituierten gehabt, wie man in jeder deutschen Boulevardzeitung verfolgen konnte. An der Straßenbahnhaltestelle lag besagter Möbelmarkt. Auf dem Parkplatz stand ein alter 5er BMW. Werner, ca. fünfzig Jahre alt, hatte lange, schmutzigblonde Haare und sah insgesamt ziemlich heruntergekommen aus. Als er uns begrüßte und lächelte, sah ich, dass Werner außer kleinen braunen Stummeln keine Vorderzähne besaß.
„So, ihr seid also die Jungs, die das EWS brauchen? Die Steuergeräte hab ich dabei, die könnt ihr gleich mitnehmen. Die

Steuergeräte für den T5 hab ich auch dabei. Nur für den Laptop brauche ich ein paar Tage. Habt ihr mein Geld dabei?"

„Geld ist kein Problem. Wie viel brauchst du?"

„Insgesamt kostet das fünftausendfünfhundert Euro. Zweitausend sofort, den Rest beim Laptop."

Juri übergab ihm das geforderte Geld und Werner öffnete den Kofferraum des alten BMW und gab mir zwei schwarze Kisten mit Kabeln dran. Das waren die Steuergeräte. In einer kleineren Kiste hatte er die Chips und drei Zündschlösser für die Transporter. Damit war der erste Schritt für uns getan. Thomas würde sich um die Besorgung der Fahrzeuge kümmern, ein Bekannter von Juri, Martin hieß er, würde die Wagen nach Berlin oder Frankfurt an der Oder fahren. Wir würden mit zwei Wagen fahren, so dass entweder Juri oder ich vor Ort waren und die Gelder für die Wagen entgegennehmen konnten. Vertrauen den Fahrern gegenüber mochte ja gut und schön sein, aber Kontrolle wäre besser, um gar keine krummen Ideen aufkommen zu lassen. Nach einiger Zeit konnte man das ändern, aber für den Anfang war mir wohler, das zu überwachen.

Die letzte Woche, in der Oxana in Deutschland sein würde, fing an. Ich merkte, dass ich sie jetzt schon vermisste. Gemeinsam wollten wir noch so viel Zeit wie möglich miteinander verbringen, aber ich musste auch unser Geschäft im Auge behalten. Am Montag würden wir hoffentlich unseren Laptop mit dem Programm und den Schnittstellen von Werner bekommen. Dann konnte es bald mit den ersten Wagen losgehen und der Rubel konnte im wahrsten Sinne des Wortes zu rollen anfangen.

Wir hatten uns überlegt, dass wir zur Sicherheit die gestohlenen Wagen mit anderen Nummernschildern von ähnlichen Fahrzeugen ausstatten wollten. Es wäre insgesamt, auch für den Anfang, recht sinnvoll, eine Halle anzumieten, wo wir die Wagen unterstellen konnten. Im Internet suchte ich nach einer geeigneten Halle und wurde auch recht schnell fündig: knappe fünfhundertfünfzig Quadratmeter, eigentlich schon fast zu groß für unsere Zwecke, aber verkehrsgünstig ebenfalls in Linden in der Nähe des Bauwegs im Hinterhof einer Produktionshalle gelegen. Die Lage war günstig, weil hier Autos nicht auffallen würden und außerdem war die Zufahrt blickdicht. Ich rief den Makler für einen Besichtigungstermin an. Juri hatte vorsorglich am Steintor von einem Junkie zwei Prepaidkarten besorgen lassen, denn die ganze Angelegenheit fing nun langsam aber sicher an, kriminell zu werden und wir mussten ab sofort aufpassen, dass wir keine dummen Fehler begingen, die das ganze Kartenhaus einstürzen lassen konnten. Dazu gehört auch, dass Telefone, die auf unseren Namen liefen, ab sofort tabu waren. Besonders bei den Fahrten nach Berlin mussten wir aufpassen, dass wir die Telefone möglichst abschalteten, denn sonst könnte man unsere Bewegungen anhand des Bewegungsprofils nachvollziehen und in einem möglichen Prozess wäre das ein perfekter Beweis.

Eine Straße von der Halle entfernt, auf dem Parkplatz eines Autohauses, parkten wir. Wir hatten uns beide für ein normales Outfit, also keinen Anzug entschieden, damit die Story, die ich dem Makler erzählt hatte, auch stimmte. Ich hatte ihm gesagt, dass wir Autozubehör und Ersatzteile verkaufen würden. Da sah ein Anzug sicherlich verdächtig aus. Als weiterer Anreiz hatte Juri genügend Bargeld bei sich, um die Mietsicherheit und die Maklercourtage direkt vor Ort zahlen zu können. Er war der Meinung, dass Bargeld vieles möglich macht und sollte der Makler bezüglich der Vermietung an uns Bedenken haben, so konnte man die mit einem Bündel Fünfziger sicherlich beiseite wischen.

Offizieller Mieter der Halle sollte Stanislav werden. Er würde demnächst nach Russland zurückkehren und war daher für die Anmietung als Strohmann gut geeignet. Makler Engler war pünktlich. Er trug einen Pfeffer-und-Salz-Anzug, dessen Jackett über seinem Bauch spannte. Seine schütternden Haare hatte er sich im Stil von „Baldy-Man", einem Komiker aus einer englischen Serie, quer über die Glatze gekämmt. An seinem Arm tickte eine falsche Rolex, was man auf den ersten Blick sah und seine Schuhe waren abgetragen. Auf seiner Nase thronte das gute Kassengestell „Modell 1" aus den achtziger Jahren mit

Goldrand. Man hätte ihn für Mitte fünfzig halten können, aber von seiner Internetseite wusste ich, dass Engler noch keine vierzig war. Ich glaube, wenn ich in dem Alter so aussehen würde, würde ich mich umbringen.

„Guten Tag, guten Tag, ich bin der Herr Engler. Na, da wollen wir das Schmuckstück doch mal in Augenschein nehmen, was?" Dazu lächelte er künstlich und zeigte ein paar schiefe Zähne. Er war der Inbegriff des Klischees eines Maklers. Für uns war das natürlich ganz klar von Vorteil, denn es war deutlich zu sehen, dass Engler nicht viele Fragen stellen würde, sondern es einzig und allein auf die Provision abgesehen hatte. Er schien dringend auf die Courtage angewiesen zu sein und führte uns direkt zu Halle. Von der Straße aus war sie nicht zu sehen, das war schon mal vorteilhaft. Über ein großes elektrisches Rolltor konnte man in die Halle einfahren. Fenster gab es nur knapp unter der Hallendecke in knapp vier Metern Höhe. Ein weiterer Pluspunkt war, dass die Halle nahezu blickdicht war. Innen war es nur ein großer Raum, nur in der Ecke waren Toilettenkabinen abgeteilt. An der linken Seite der Halle war eine Grube für die Reparatur von Autos in den Boden eingelassen.

„Was kostet die Halle denn jetzt genau?"

Er nannte uns die Konditionen für die Anmietung und wir gingen kurz vor die Tür, um zu beratschlagen. Die Halle passte und Stanislav sollte den Mietvertrag unterschreiben.

„Ja, dann brauche ich noch ein paar Daten von Ihnen und die muss ich dann nur noch überprüfen und dann können wir in so zwei Wochen den Vertrag machen."

„Was halten Sie davon, wenn wir den Vertrag heute machen und Sie dann gleich direkt die Mietsicherheit und die Courtage bekommen?"

„Heute? Aber ich muss das doch alles erst überprüfen."

„Wissen Sie, wir wollten jetzt bald anfangen mit arbeiten und zwei Wochen zu warten, das wirft unseren Zeitplan ein wenig durcheinander. Jeder Tag, den wir jetzt warten, der kostet uns Geld. Stanislav, hast du Deinen Ausweis bei?"

Stanislav zog seinen Pass heraus, den Juri ihm abnahm und ihn Engler entgegenhielt.

„So, da steht alles, was Sie brauchen. Und das ist dann die Überprüfung."

Die Gier bei Nennung der Maklercourtage blitzte in Englers Schweinsäuglein auf.

„Ja, dann werde ich mal sehen, ob ich das heute denn auch alles noch hinbekomme, Sie wissen ja, Termine, Termine...“

Er zog seinen Kalender, einen Werbekalender eines Reifenherstellers, aus der speckigen Aktentasche und blätterte wichtig und hektisch darin herum. Ich konnte ganz genau sehen, dass außer uns heute kein Termin bei ihm eingetragen war. Genau, wie ich´s mich gedacht hatte.

„Hm, das wird zwar ein bisschen knapp, aber ich denke, um fünf kann ich Sie wohl bei zwei Terminen zwischenschieben, wenn Ihnen das so wichtig ist. Man ist ja schließlich kein Unmensch, was, haha. Wollen Sie dann zu mir ins Büro kommen?“ Er nannte eine Adresse in Vahrenwald und übergab uns seine Visitenkarte. Billiges, mit Tintenstrahldrucker bedrucktes Papier zum selbst abreißen. Herr Engler war wirklich der Inbegriff von Seriosität.

Wir waren gerade wieder ins Auto gestiegen, als Werner sich meldete. Seine Ware war vollständig, wir konnten sie abholen. Von unserer Halle aus war der Möbelladen, auf dessen Parkplatz wir uns wieder treffen wollten, nur eine gute Minute entfernt. Werner erschien wieder in seinem schmuddeligen Auto und denselben Sachen, die er schon beim letzten Treffen getragen hatte. Sogar der Fleck auf seinem Sweatshirt, ich vermutete, dass es Ei war, war derselbe. Aber was er aus seinem Kofferraum holte, sah absolut professionell aus: Ein HP-Laptop mit der entsprechenden Software und den benötigten Kabeln und Anschlüssen, um die Wegfahrsperre von BMW auszuschalten. Juri zahlte Werner die restlichen dreitausendfünfhundert Euro und wir machten uns auf den direkten Weg zu Thomas. Der war von der Ausrüstung maßlos begeistert.

„Das ist ja der Hammer. Da hat der Werner sich aber richtig Mühe gegeben. Ich fange gleich heute Nacht an!“

„Nun bleib erstmal locker. Wo willst du den Wagen denn hinstellen? Wir besorgen gerade eine Halle. Wenn wir die haben, dann kannst du sofort anfangen. Aber lass uns erstmal die Halle haben.“

Englers „Büro" stellte sich, so wie ich es mir vorgestellt hatte, als sein Wohnzimmer heraus. Er hatte den Mietvertrag soweit vorbereitet, nur die Daten des Mieters fehlten noch. Mittlerweile war uns klar, dass Engler, getrieben von der puren Gier auf die zu erwartende Maklercourtage, keinerlei Prüfung vornehmen würde. Viele Maklerunternehmen, besonders die großen und bekannten Firmen, die nicht auf jeden Abschluss angewiesen waren, prüften vor der Unterschrift unter dem Mietvertrag die gängigen Wirtschaftsauskünfte und die Schufa des Mieters. Stanislav hatte in Deutschland diverse Schulden und zwei Firmeninsolvenzen hinterlassen, so dass er voll durch das Raster gefallen wäre. Da wir Engler bei der Besichtigung aber absolut richtig, nämlich geldgierig und erfolglos, eingeschätzt hatten, war der Umweg über Stanislav als Strohmann gar nicht mehr notwendig. Juri nannte Engler einen erfundenen Firmennamen und eine Adresse in Hamburg und Engler trug diese anstandslos in den Mietvertrag ein. Als Juri ihm die Mietsicherheit und seine Provision, alles Fünfziger und es war ein großer Haufen davon, auf den Tisch legte, leuchteten Englers Augen richtig. Wahrscheinlich war es seit langer Zeit sein erstes Geschäft, bei dem er etwas verdiente. Nachdem er uns die Schlüssel übergeben hatte und sich noch mehrfach überschwänglich bedankt hatte, konnte unser Projekt nun starten. Jetzt gab es kein Zurück mehr.

Mit Juri fuhr ich wieder nach Lehrte zurück. Wir mussten unbedingt mit Thomas über die weitere Durchführung sprechen und durften jetzt keine Zeit mehr verlieren. Jeder Tag war jetzt Geld für uns, und das nicht zu knapp. Als wir bei Thomas ankamen, lief der Laptop schon und er war gerade dabei, sich in das Programm einzuarbeiten, mit dem er später die Wegfahrsperren knacken wollte. „Das ist sogar die neueste Version, die Werner da hat. Damit bin ich noch schneller."
„Dann kannst du ja gleich starten. Willst du heute Nacht den ersten Wagen probieren? Wir haben jetzt die Halle."
Ich gab ihm einen Schlüssel. „Damit kannst du gleich rein."
Die Berliner sollten sehen, dass wir nicht nur schöne Geschichten erzählten, sondern auch schnell und effektiv handelten. Es gab überall genug Schwätzer und da wollten

weder Juri noch ich zugehören. Thomas hatte erzählt, dass er mit einem Freund aus vergangenen Knasttagen auf Tour gehen wollte, der ihm zur Hand gehen sollte. Außerdem hatte dieser ein Auto und so konnten die beiden zu den Zielobjekten fahren. Juri und ich legten keinen Wert darauf, den Kumpel kennen zu lernen, denn je weniger Leute uns beide kannten, desto weniger konnten diese auch bei einem eventuellen Aufgriff erzählen und es minimierte unser Risiko, geschnappt zu werden. Wenn Thomas ihn für vertrauensvoll hielt, dann war das für uns auch in Ordnung. Schließlich musste Thomas mit ihm arbeiten und ihn auch an seinem Umsatz beteiligen.

Die Autos sollten vornehmlich in Kirchrode, einem noblen Stadtteil von Hannover, organisiert werden. Das hatte mehrere Gründe: zuerst einmal hatte Kirchrode eine hohe Dichte der bevorzugten Autos und außerdem gab es dort viele kleine Seitenstraßen, die sehr ruhig lagen. Da Kirchrode auch nur eine kleine Polizeistation hatte, war das Risiko, zufällig auf einer Streifenfahrt ins Visier der Polizei zu geraten, sehr gering. Durch die Nähe zur B65 und zur A37 bot Kirchrode weiterhin gute Fluchtmöglichkeiten für den Fall eines Falles.

Wir wollten uns alle am nächsten Morgen um zehn Uhr in der Halle treffen. Juri und ich fuhren wieder zum Steintor, denn auch das Geschäft mit den Frauen durfte nicht vernachlässigt werden. Und ich wollte noch so viel Zeit wie möglich mit Oxana verbringen, bevor sie wieder nach Polen zurückmusste.

In der Nacht schlief ich schlecht. Hatte Oxana mir noch den Abend bis tief in die Nacht mit ihrer Hingabe und ihrer Phantasie versüßt, so schlief ich nach dem Sex nur schlecht ein. Ich warf mich hin und ehr, und gegen drei Uhr, der Wecker mit den Leuchtziffern zeigte es, ging ich zum dritten Mal auf die Toilette. Mir war klar, dass in dieser Nacht eine Grenze überschritten worden war. Das Geschäft mit den Frauen war in soweit legal, wenn vielleicht auch anrüchig. Aber jetzt befanden wir uns auf einer ganz anderen Linie, wir waren jetzt in den Bereich der Schwerstkriminalität eingedrungen. Es war ja nicht nur, dass in dieser Nacht ein Auto gestohlen werden sollte, sondern es war der Anfang von etwas Großen. Und meine Beteiligung in der Sache war nicht nur eine Beihilfe, wie bei der Prostitution, sondern Juri und ich waren gleichberechtigte Partner geworden. Das Risiko war groß, aber hier war auch nicht mehr die Rede von ein paar hundert oder tausend Euro, hier ging es um Beträge, die ich mir noch vor einigen Wochen nicht in meinen kühnsten Träumen hätte vorstellen mögen. Pro Jahr war so, ohne viel Arbeit, für jeden von uns über eine Million drin. Und die Nutten liefen ja auch weiter. Das war etwas mehr als die dreihundertfünfundvierzig Euro Hartz IV. Während ich den blinkenden Sekundenzeiger auf der Uhr betrachtete, dachte ich darüber nach, was ich mit dem Geld alles anstellen konnte. Ich hatte so viele Ideen, eine zum Teil abwegiger und sinnloser als die andere. Aber hey, wofür habe ich denn die Kohle, wenn ich mir dafür nichts gönne? Ich wurde so erregt, dass ich zuerst fast selbst Hand anlegen wollte. Aber komischerweise musste ich in diesem Moment an meinen alten Freund André denken, der es geschafft hatte, mit seiner Freundin zu schlafen, ohne dass diese aufgewacht war. Vorsichtig nahm ich Oxanas Arm von meinem Körper, spreizte vorsichtig ihre Beine und drang langsam in sie ein. Sie stöhnte leise im Schlaf und meine Erregung wuchs mehr und mehr. Zuerst langsam, dann ein wenig schneller bewegte ich mich in ihr, immer darauf bedacht, sie nicht zu wecken. Mit einem tiefen leisen Stöhnen kam sie. Ich legte mich wieder neben sie, und im Schlaf kuschelte sie sich in meinen Arm ein. Ich hatte noch nie eine Frau erlebt, die dermaßen lieb, aber gleichzeitig auch so intensiv war. Sie war einfach perfekt und ich war sehr traurig, dass ich sie für längere Zeit nicht mehr sehen und spüren würde. Auch das war ein wichtiger Grund, für das, was ich tat: Ich wolle genug Geld zusammenbekommen, um Oxana und mir eine sorgenfreie Zukunft aufbauen zu können. Sie war die erste Frau, bei der ich mir mehr vorstellen konnte, die die Mutter meiner Kinder sein könnte. Bei Anna hatte ich so etwas, solche Gefühle, nie auch nur ansatzweise gehabt. Anna war ein Fun-Girl gewesen, eine Beziehung, bei der mir eigentlich klargewesen war, dass es eine schöne Zeit, einen gemeinsamen Abschnitt unseres Lebens gibt, der aber irgendwann endet. Und genau das war passiert. Oxana war die Frau, mit der ich den Rest meines

Lebens verbringen wollte. Über diese Gedanken schlief ich dann doch ein, bis das Klingeln des Weckers mich schließlich aus einem Träumen riss, an den ich mich schon in der Sekunde des Aufwachens nicht mehr erinnern konnte. Oxana lächelte mich verschlafen an.

„Du glaubst gar nicht, was ich heute Nacht geträumt habe..."

Frühstücken konnten weder Juri noch ich, dazu waren wir zu aufgeregt. Früher als verabredet fuhren wir in unsere Halle. Wir wollten sehen, was sich getan hatte und ob Thomas erfolgreich gewesen war. Zwei Multivan von VW, ein BMW X5 und ein 7er warteten bereits in der Halle auf uns. Unglaublich, es hatte funktioniert! Der erste Schritt lag hinter uns, die Grenze war unwiderruflich überschritten worden und ab jetzt gab es wirklich keinen Schritt mehr zurück. Auch Juri war begeistert. Ich glaube, er war von der ganzen Sache bis zu diesem Augenblick noch nicht zu hundert Prozent überzeugt gewesen und ich glaube, dass er von Thomas anfänglich nicht wirklich viel gehalten hatte. Aber der Einsatz und das Ergebnis hatten scheinbar alle Zweifel weggewischt. Juri musterte die Wagen. Bei den T5 waren die Türschlösser von der Fahrertür gezogen worden, das mussten wir noch ersetzen. Die BMWs hatten keine Seitenscheiben mehr, weil Thomas so in die Wagen eingedrungen war. Auch das musste vor der Verschiebung nach Berlin noch dringend repariert werden, damit das dann beim Grenzübertritt in Richtung Osten nicht auffiel.

Das Tor fuhr ratternd nach oben. Thomas erschien in einem weiteren T5, diesmal in Silber. Er fuhr ihn in die Halle, sprang aus dem Wagen und schloss schnell das Tor. Lächelnd kam er auf uns zu.

„Na, zufrieden mit meiner Arbeit?"

Wahrhaftig waren wir zufrieden. Wir hatten mit zwei oder vielleicht drei Fahrzeugen gerechnet, aber nicht gleich mit fünf. Zwar war der überwiegende Teil VW, aber Thomas hatte bei seinem Zug durch die Stadt darauf geachtet, dass er gute Ausstattungen mitnahm. So hatten alle Multivans die volle Business-Ausstattung. Dafür konnten wir auf jeden Fall einen guten Preis bei unseren Abnehmern erzielen.

„Ist dein Kollege draußen?"

„Ja."

„Dann lass uns das Finanzielle eben hier regeln. Ich will nicht, dass zu viele Leute hier was mitkriegen."

Juri zog ein dickes Bündel Geld aus der Tasche und zählte fünftausend Euro ab.

„Ich hoffe, dass du uns weiterhin zur Verfügung stehst."

„Auf jeden Fall. Ich hab viel zu lange rumgesessen und nichts gemacht. Ich hab einfach mal einen Tritt in den Hintern gebraucht. Morgen früh sehen wir uns wieder, dann gibt's neue Autos."

Juri gab ihm das Bündel und Thomas zählte davon fünfhundert Euro ab. „Die sind für meinen Fahrer", erklärte er, bevor er durch die Seitentür nach draußen verschwand.

Juri ging noch einmal zu den Autos und begutachtete sie. Dann brachen wir auf zu unserem Auto, das wir etwas abseits geparkt hatten.

Eine Frage, die noch zu klären war, war die Sache mit den Nummernschildern. Die Wagen direkt nach dem Diebstahl in die Halle zu fahren war recht risikolos, da der Diebstahl noch nicht entdeckt worden sein dürfte. Aber dann mussten die Nummernschilder sofort runter und in den nahe gelegenen Kanal geworfen werden. Auf gar keinen Fall durften die Autos noch einmal mit den alten Zulassungen auf die Straße. Deswegen mussten wir Nummernschilder besorgen, die nicht auf der Fahndungsliste standen. Am einfachsten würde das mit Kurzzeitkennzeichen, den alten „roten Nummern" gehen. Damit würden sich eventuelle Kontrollen sicherlich einfacher umgehen lassen und wir mussten selbst ja nicht über die Grenze damit, denn das wäre nicht möglich gewesen. Bis Berlin oder Frankfurt / Oder würden wir problemlos damit fahren können, die Fahrt über die Grenze mussten dann die Polen managen. Stanislav hatte bereits drei Kurzzeitkennzeichen besorgt, die fünf Tage gültig waren.

Über Werner bekamen wir noch am gleichen Tag weitere Schlösser, Chips und Motorsteuergeräte. Auch mit Scheiben für die BMWs konnte er uns helfen, allerdings hatten die einen Tag Lieferzeit. Juri rief Martin an, damit wir die ersten Wagen gleich heute nach Berlin bringen konnten. Martin sollte noch weitere verlässliche Fahrer besorgen. Juri setze sich mit Oleg in Verbindung, dass in Berlin alles für die Übernahme der drei T5 bereit wäre. Wir sollten Vitali, den Kontaktmann, in Berlin in seinem Laden, einem Stripclub namens LaLunaBar in der Litzenburger Straße, in der Nähe des Kudamms treffen. Martin rief zurück. Er hatte zwei Fahrer auftreiben können, die ab sofort abfahrbereit zur Verfügung stünden. Er gab mir die Adresse und ich holte sie alle in Hainholz, einem Stadtteil von Hannover ab und fuhr zurück zu Halle. Ich würde die Gestalten, die fahren sollten, als interessant beschreiben. Beides Hutzelmännchen, an die sechzig Jahre alt und keiner von ihnen sprach deutsch. In der Zwischenzeit hatte Martin zusammen mit Thomas bereits die Türschlösser der Fahrzeuge ausgewechselt, damit äußerlich von dem Aufbruch nichts mehr zu erkennen war.

Ich hatte mit Juri abgesprochen, dass ich diesen ersten Deal in Berlin alleine machen sollte. Er vertraute mir vollauf und ich wollte ihm beweisen, dass wir wirklich Partner wären. Immerhin hatte Juri bisher fast fünfzehntausend Euro in die ganze Sache investiert. Und die Kontakte kamen schließlich auch von ihm.

Nachdem die Türschlösser eingebaut waren, bekamen alle Fahrer Tankgeld und ich gab ihnen die Adresse von Vitalis LaLunBar. Da alle Wagen mit Navis ausgestattet waren, sollte das Auffinden der Adresse kein Problem darstellen. Wir wollten aber verhindern, dass wir mit den drei Multivans im Konvoi über die A2 Richtung Osten fuhren, also fuhren die Fahrer im Abstand von jeweils einer Viertelstunde los. Ich fuhr über über die City, um Oxana mitzunehmen. Eigentlich hatte ich vorgehabt, abends wieder zurückzufahren, aber dann hatte ich mir überlegt, dass die restliche Zeit, die ich mit ihr noch hatte, so schön wie möglich sein sollte und so hatte ich mich kurzfristig entschlossen, eine Nacht in Berlin mit ihr zu verbringen.

Juri hatte mir den SL für die Fahrt gegeben und da die Bahn frei war, kam ich gut durch. Hinter Lehnin überholte ich den letzten T5 und war somit als erster in Berlin. So hatte ich noch Zeit, zum Alexanderplatz zu fahren und dort im ehemaligen „Hotel Stadt Berlin", dem heutigen Park Inn, ein Zimmer zu nehmen. Der Manager meinte es gut mit mir und so bekamen wir ein Zimmer in der 34. Etage mit Blick über halb Berlin. Nach dem Check-Inn fuhr ich zur LaLunaBar, während Oxana den Kudamm unsicher machte. Martin und seine Gestalten waren zwischenzeitlich auch eingetroffen und warteten unweit des Stripclubs in einer Seitenstraße. Ich schickte sie erst einmal weg, sie sollten etwas essen gehen. Das Gespräch mit Vitali wollte ich alleine führen. Der Club hatte bereits geöffnet und ich fragte nach Vitali. Der aber war noch nicht da. Die vollbusige Kassiererin bat mich schon einmal hinein.

In der LaLunaBar war es schummerig. Vorn auf der Bühne räkelte sich eine nackte Frau an der Stange. Sie hatte einen kleinen Busen und einen blonden Pagenschnitt. Ihr fehlte ein wenig die Motivation, was am spärlichen Publikum zu liegen schien. Nur vier Tische im Raum waren mit jeweils einem Gast besetzt. Die roten Wände und der Plüsch, der überall angebracht war, gaben dem Nachtclub etwas puffiges. Ich setzte mich an einen der freien Tische in der Ecke. Eine Kellnerin kam oben ohne an den Tisch, um meine Bestellung aufzunehmen. Ich bestellte mir einen RedBull – nur Dose ohne Glas, denn sonst schmeckten die einfach nicht.
„Möchtest du auch ein paar Dollars?" Ich bestellte zwanzig Dollar, die sie mir zusammen mit meinem RedBull brachte. Ich gab ihr dreißig Euro und bedeutete ihr, dass das so stimmte. Die Dollars legte sie vor mir auf den Tisch. Auf der Bühne war der blonde Pagenkopf von einer jungen Asiatin abgelöst worden. Zielsicher hatte diese die Dollars schon beim Betreten der Bühne erspäht. Nach einer kurzen Tanzeinlage kam sie zu mir an den Tisch und tanzte für mich. Den ersten Dollar steckte ich ihr in den knappen, schwarzen BH, der mehr zeigte, als er verhüllte. Mit den Händen glitt sie an ihren Brüsten herunter, knetete sie kurz und nahm meine Hand, in der ich einen weiteren Dollar hatte und dirigierte sie ebenfalls an ihren Busen.

So verschwand auch der zweite Schein in ihrem BH. Dann nahm sie die beiden Scheine, legte sie vor sich auf den Tisch und löste den BH. Sie krabbelte auf die Sitzbank, auf der ich saß, und steckte mir einen gefalteten Schein in den Mund, so dass nur noch ein Ende hinausguckte. Dann nahm sie ihn mit ihrem Mund entgegen, wobei sich unsere Lippen für einen Sekundenbruchteil leicht berührten. Sie stand auf, tanzte noch ein wenig zur Musik. Die anderen Gäste ignorierte sie fast vollständig, das Programm lief jetzt an meinem Tisch ab. Ein weiterer Dollar verschwand in ihren zusammengedrückten Brüsten. Nun zog sie auch ihren String aus, und hielt sich eine Hand vor die Scham. Ich hatte einen weiteren Dollar, und diesen steckte ich genau hinter diese Hand. Dafür spreizte sie kurz ihre Finger und ich konnte einen kurzen Blick auf ihren kleinen, rasierten Streifen werfen. Dann war das Lied leider schon zu Ende. Sie zwinkerte mir zu, sammelte ihre Sachen ein und verschwand, noch immer eine Hand vorhaltend, hinter einem roten Vorhang.

Da ich anscheinend der Einzige war, der sich Dollars gekauft hatte, kamen die Tänzerinnen wie die Motten zum Licht zu mir. Nach den nächsten beiden Auftritten, einmal von einer Schwarzhaarigen mit riesigen Brüsten und einer blonden, gutaussehenden Polin, hatte ich keine Dollars mehr. Dafür kam der blonde Pagenkopf zu mir an den Tisch.
„Na Süßer, so ganz allein hier? Darf ich mich zu dir setzen?"
„Ja, klar. Ich bin Tom."
„Hallo Tom, ich bin Yulia." Sie setze sich eng neben mich.
„Was trinkst du, Yulia?"
Sie bestellte uns eine Flasche Sekt.
„Hast du vielleicht nachher Lust auf einen Private-Dance mit mir?"
Ich hatte schon Lust, aber erstmal wollte ich das Geschäftliche hinter mich bringen. „Sorry, aber das werden wir verschieben müssen. Ich habe hier noch einen Termin."
Drei große Männer kamen zur Tür rein. Einer von ihnen sah sich suchend um und kam dann an den Tisch zu mir. Er war sicherlich zwei Meter groß, kräftig, hatte einen Dreimillimeter-

Haarschnitt und einen brutalen Ausdruck im Gesicht. Mit einem harten polnischen Akzent sprach er mich an. „Bist du Tom?".
Ich nickte. Mit einer Kopfbewegung machte er Yulia klar, dass sie verschwinden sollte.
„Ich bin Vitali. Amüsierst du dich?"
„Ja, danke. Das ist ein sehr schöner Club, den du hier hast."
„Danke. Lass uns trinken. Yulia, bring Wodka!", rief er ihr hinterher. Dann sah er mich prüfend an. Der Kerl war mir extrem unsympathisch und als Ganzes unangenehm.
„Was hast du mir heute mitgebracht, mein Freund?"
„Ich habe drei Multivans für Dich. Und morgen einen X5 und einen 7er."
„Das ist gut, das ist gut. Das gefällt mir."
„Wir haben extra darauf geachtet, dass die gute Ausstattungen haben. Sind alle voll."
„Ja, das ist gut. Du gefällst mir, Junge."
Yulia brachte eine Flasche Wodka und zwei Wassergläser an den Tisch.
„Aber erst trinken!", befahl Vitali und schenkte extrem großzügig ein. Er stieß mit mir an und ich versuchte, wie er, auf ex zu trinken. Da ich Alkohol aber in diesen Maßen nicht gewohnt war, verschluckte ich mich und musste husten. Vitali knallte sein leeres Glas auf den Tisch und lachte. Dann schlang er einen seiner stark behaarten Arme um mich und zog mich an sich heran.
„Ok Kollege, gehen wir Autos gucken."

Gemeinsam gingen wir zu der Seitenstraße, in der die drei T5 geparkt waren. Vitali musterte sie kurz und schien zufrieden zu sein.
„Gut gut, lass uns wieder reingehen." Er schenkte ein weiteres Glas voller Wodka ein, kaum dass wir wieder in der LaLunaBar waren. Dann holte er einen Umschlag aus der Tasche und schob ihn zu mir rüber. „Wie mit Oleg abgesprochen."
Ich öffnete den Umschlag und sah hinein. Die Summe dürfte stimmen. Ich wollte Vitali nicht dadurch beleidigen, dass ich nachzählte und so nickte ich nur und steckte den Umschlag ein. Damit hatte ich bei Vitali einen weiteren Pluspunkt gemacht, weil ich ihm zeigte, dass ich ihm vertraute. Ich reichte ihm die

Schlüssel für die Wagen über den Tisch. Nachdem Thomas die Schlösser der Seitentüren der VWs aufgebohrt hatte, hatte er den Tacho ausgebaut und die Chips an der Rückseite des Tachos durch Chips aus einem Unfallwagen ersetzt, um die Wegfahrsperre auszuschalten. Mit einem Ziehmechanismus zog er dann das Zündschloss aus dem Lenkrad und konnte es so leicht durch ein Zündschloss, ebenfalls aus einem Unfallwagen stammend, ersetzen. Der gesamte Vorgang dauerte maximal zehn Minuten und dann konnte man den gestohlenen Wagen mit neuen Schlüsseln wegfahren.

„Tom, mein Freund, willst du heute noch ein bisschen mit Yulia feiern? Du bist heute mein Gast."
„Danke Vitali, aber meine Freundin wartet. Das ist alles sehr nett von dir, aber wir sehen uns morgen mit den beiden BMWs, wenn's recht ist. Das mit Yulia holen wir mal nach."
„Es ist deine Entscheidung. Ich kann dir nur sagen, du verpasst etwas." Dazu lächelte er schmutzig.

Martin und die anderen beiden Fahrer saßen beim Türken um die Ecke und aßen Döner. Mit Martin ging ich an einen etwas abseits gelegenen Tisch und gab ihm das vereinbarte Geld für die Fahrt für ihn und die beiden Fahrer. Wir verabredeten uns für den nächsten Abend, um auch die beiden BMWs nach Berlin zu bringen. Auf dem Rückweg zum Alexanderplatz rief ich bei Juri an und sagte ihm, dass alles perfekt funktioniert hatte. Er freute sich, dass ich alles so gut hinbekommen hatte und meine Feuerprobe gut gemeistert hatte.

Zurück im Hotel gingen Oxana und ich direkt ins Bett. In drei Tagen wäre es soweit, dass Oxana mich für mindestens sechs Monate verlassen würde. Und diese Zeit, die uns noch blieb, wollten wir damit verbringen, auf alle nur möglichen Arten miteinander zu schlafen. Es wurde eine wunderschöne Nacht.

Den Tag verbrachten wir damit, durch Berlin zu schlendern und zu shoppen. Am Kudamm und im KaDeWe kleideten wir uns neu ein. Oxana suchte ein paar echt tolle Klamotten für mich aus und auch für sie fanden wir so einiges. Danach fuhren wir ins Block-House und ich genehmigte mir ein großes Steak, extra blutig. Natürlich gingen wir auch auf den Fernsehturm und bummelten durch das Brandenburger Tor. Ich war vorher noch nie in Berlin gewesen und so zog es mich zu einem ganz besonderen Schauplatz aus meinem Lieblingsbuch: Den Bahnhof Zoo, an dem Christiane F. aus dem gleichnamigen Buch ihre schlimmen Erfahrungen macht. Dort hatte sich im Laufe der letzten fünfundzwanzig Jahre natürlich einiges verändert, aber es war schon spannend, an dieser Stelle zu stehen. Am Reichstag kauften wir uns dann ein Eis und gingen Richtung Bundeskanzleramt. Eine typische Touri-Berlin-Tour eben. Dann wurde es auch schon wieder Zeit, Oxana ins Hotel zurückzubringen und danach zur LaLunaBar zu fahren. Die Wagen dürften bald eintreffen.

Im Club war es wieder nicht besonders voll. An der Stange war diesmal eine schlanke Schwarze im Gange, die perfekt in jedes Hip-Hop-Video gepasst hätte. Bei der Bedienung bestellte ich wieder einen RedBull und fragte nach Vitali. Da er noch unterwegs war, bestellte ich, um die Wartezeit zu überbrücken, zwanzig Dollar. Die Schwarze war an meinem Tisch, kaum dass die Bedienung mir die Dollars gebracht hatte. Bei ihr schien es sich um eine Art Schlangenfrau ohne Wirbelsäule zu handeln, bei den Bewegungen, die sie an meinem Tisch vollführte. Ohne zu zögern griff sie nach einem der Dollars, faltete ihn und steckte ihn mir zwischen die Lippen und dann zog sie meinen Kopf und drückte ihn zwischen ihre zusammengedrückten Brüste. Sie tanzte zwei Lieder und dabei hielt sie sich hauptsächlich an meinem Tisch auf. Nach diesen beiden Liedern hatte ich keinen einzigen Schein mehr vor mir liegen, aber jeder einzelne davon hatte sich gelohnt.

Vitali kam, wie auch am Tag zuvor, in Begleitung der anderen beiden Männer, die aber sofort hinter einem Vorhang verschwanden.
„Hallo mein Freund, ist sie nicht wunderbar?" Er zeigte auf die Schlangenfrau. „Ich sage dir, wenn du mit der ins Bett gehst, also so was hast du noch nicht erlebt. Möchtest du?"
„Danke Vitali, aber du weißt doch – meine Freundin."

„Gut, deine Entscheidung. Shona, Wodka!"
Schnell standen zwei Wassergläser und eine Flasche Wodka auf
dem Tisch. Wenn ich mich regelmäßig mit Vitali treffen würde,
würde ich wohl zum Alkoholiker werden. Shona, die schwarze
Schlangenfrau, goss uns beiden die Gläser voll und Vitali stieß
sogleich mit mir an.
„Auf gute Geschäfte und schöne Frauen, mein Freund."
„Auf dich, Vitali."
Wieder beeindruckte er mich damit, dass er das ganze Glas auf
ex herunterstürzte. Ich hatte vom Vorabend noch genug und
versuchte es erst gar nicht, stattdessen nahm ich nur einen
vorsichtigen Schluck.
„Was hast du heute für mich?"
„Willst du dir die Wagen gleich angucken? Heute sind es die
beiden BMW, der X5 und der 7er. Und dann habe ich noch
einen Multivan für dich, so einen wie gestern."
„Das ist gut. Aber das mit den Kennzeichen müssen wir anders
machen das nächste Mal. Mit den roten Kennzeichen haben
meine Leute an der Grenze Probleme. Da hatte ich gestern nicht
drauf geachtet."
„Hm, ich denke mir was aus."
„Gut, lass uns die Autos angucken. Heute nehm ich noch mal
ohne Nummernschilder, aber nächstes Mal nicht mehr."
Vitali war zufrieden mit der heutigen Lieferung. Zurück in der
Bar gab er mir wieder einen Umschlag. Auch jetzt zählte ich
natürlich nicht nach, sondern steckte ihn direkt ein.
Eigentlich hatte ich vor, mich direkt wieder zu Oxana ins Hotel
aufzumachen. Es war unsere letzte gemeinsame Nacht. Morgen
würde Oxana von hier aus nach Warschau fahren und ich würde
alleine nach Hannover zurückkehren. Und wir mussten uns
noch Gedanken über die Situation mit den Nummernschildern
machen. Aber Vitali wollte mich noch nicht gehen lassen.
„Die Nacht fängt gerade erst an und ich will mit dir trinken.
Keine Ausreden. Oder willst du mich beleidigen?"
Ich musste mich also mit meinem Schicksal abfinden und trank
noch weiter mit Vitali, Shona und zwei anderen Stripperinnen.
Für die Rückfahrt ins Hotel nahm ich mir ein Taxi, nachdem
Shona und Vitali mir geholfen hatten, halbwegs aufrechten
Ganges auf die Straße zu kommen.

Oxana war natürlich nicht besonders angetan, als ich sturzbetrunken ins Hotel kam. Erstmal ging ich duschen, um wenigstens wieder halbwegs klarzukommen. Danach ging es einigermaßen. In den letzten paar Stunden, die Oxana und mir noch blieben liebten wir uns romantisch und liebevoll. Zum schlafen kamen wir fast gar nicht, weil wir früh aufstehen mussten, damit Oxana ihren Zug nach Warschau rechtzeitig bekam. Mit einem innigen Kuss verabschiedete ich mich am Berliner Hauptbahnhof, dem „Lehrter Bahnhof", für lange Zeit von Oxana. Kurz bevor der Zug einfuhr, traten ihr Tränen in die Augen.

„Es tut mir so weh, dich jetzt zu verlassen und ohne dich zu sein."

Ich hatte einen Kloß im Hals und wusste nicht, was ich sagen sollte, als sie plötzlich in Tränen ausbrach und sich an mich drückte. „Ich möchte dich nicht verlassen."

„Ich wünschte, du könntest bei mir bleiben."

Seit unserem zweiten Treffen im Club69 hatte ich jeden Tag und jede Nacht bei Oxana verbracht und jetzt würde ich mich erstmal ans Alleinsein gewöhnen müssen. Von Anna hatte ich seit der SMS nichts mehr gehört und ich hatte auch nicht vor, jetzt wieder zu ihr zurückzukehren. Ich liebte Oxana und freute mich schon jetzt auf unser Wiedersehen. Sie stieg in den Waggon. Die Tränen liefen ihr noch immer und es tat mir weh, sie weinen zu sehen. Dann pfiff der Schaffner die Abfahrt, die Türen schlossen sich und Oxana verschwand fürs Erste aus meinem Leben. Ein wenig betäubt ging ich zum Auto zurück. Die Szene am Bahnsteig hatte mich emotional mehr mitgenommen, als ich gedacht hätte. Aber es war nur eine Frage der Zeit, bis wir uns wieder sehen konnten.

Zurück in Hannover, fuhr ich direkt ins Bredero-Hochhaus. Juri wartete bereits auf mich. Ich erzählte ihm von Oleg, dem Problem mit den Nummernschildern und ich legte die beiden prall gefüllten Umschläge mit dem Geld auf den Tisch.

„Das ist das ganze Geld?"

„Ja."

„Warum hast du Deinen Teil noch nicht genommen?"

„Weil ich die Beute erst verteilen wollte, wenn die beiden Jäger am Tisch sind."

„Mein Freund, du hast eine gute Einstellung. Das gefällt mir."

Er zählte die Scheine, dann teilte er und gab mir meine Hälfte.

Am nächsten Tag bekam auch Thomas seinen Anteil für die zweite Lieferung.

„Thomas, wir müssen uns Gedanken machen, wie wir das mit den schildern anstellen. Das geht so nicht mit den roten Kennzeichen."

„Das ist doch ganz einfach: Habe ich auch schön öfter gemacht. Du suchst dir einen Wagen vom gleichen Typ, dann lässt du die Schilder beim Schilderdienst nachmachen, das geht problemlos. Und die TÜV- und Asu-Aufkleber, die kriegst du von alten Nummernschildern runter, wenn du die nur oft genug auf der Klebestelle hin- und her biegst. Ist ein ganz billiger Trick und funktioniert immer."

Die Zeit verging wie im Fluge, immer wieder fuhr ich die Route Hannover – Berlin, teilweise bekam Vitali jede Woche neue Autos. Seit dem ersten Geschäft war nun schon über ein Vierteljahr vergangen und alles lief ohne Probleme. Der Trick von Thomas mit den Kennzeichen funktionierte gut, die Fahrer waren zuverlässig und Vitali war so gut gelaunt, dass ich es nie schaffte, nüchtern aus der LaLunaBar herauszukommen.

Ich selbst hatte mittlerweile schon so viel Geld verdient, dass ich Juri nicht weiter auf der Tasche liegen wollte und so beschloss ich, mich nach einer eigenen Wohnung umzusehen. Nicht, dass er mich in irgendeiner Form störte oder ich ihn, aber jeder musste sein eigenes Reich haben. Außerdem wollte ich mir auch ein eigenes Auto besorgen, um nicht immer von Juri anhängig sein zu müssen.

Ich musste natürlich mit ihm darüber sprechen und wollte ihn auch nicht vor den Kopf stoßen oder beleidigen. Immerhin wäre mir dieses Leben, das ich jetzt führte, ohne seine Großzügigkeit und ohne seine Kontakte und seine Hilfe nicht einmal ansatzweise möglich gewesen. Als wir abends noch bei einem

Glas Wein im Wohnzimmer saßen, nachdem ich wieder einmal mit einigen Bündeln Bargeld aus Berlin zurückgekehrt war, sprach ich ihn vorsichtig auf mein Vorhaben an.

„Juri, du hast jetzt so viel für mich getan und ich bin dir so dankbar dafür. Ich möchte jetzt auch nicht, dass du das in den falschen Hals bekommst, aber ich möchte deine Großzügigkeit nicht weiter ausnutzen. Wärst du mir böse, wenn ich mir in den nächsten Tagen eine Wohnung angucken würde?"

Eigentlich hatte ich damit gerechnet, dass Juri enttäuscht wäre und mit mir diskutieren würde, aber er war nicht im Geringsten verstimmt.

„Nein, kein Problem. Ich habe sogar gehört, dass die Wohnung hier drunter zum Ersten frei werden soll. Ruf doch einfach mal den Vermieter an."

Ich war froh, diese Klippe sorgsam umschifft zu haben. Und da es mir im Bredero-Hochhaus wirklich gut gefiel, würde ich Juris Rat beherzigen und mich gleich am nächsten Tag mit den Wohnungseigentümern in Verbindung setzen. Leider war Oxana immer noch nicht wieder da, denn natürlich wollte ich die Wohnung so einrichten, dass sie für uns beide als Liebesnest dienen sollte. Der vorherrschende Ton, soviel war klar, sollte wie bei Juri sein: weiß, klassisch und mit einem Hauch von Moderne. Auch autotechnisch musste sich etwas ändern. Mittlerweile hatten wir beide jeweils einen hohen sechsstelligen Betrag durch die Autoverschieberei verdient, so dass die Auswahl von Fahrzeugen, die für mich in Frage kamen, unheimlich groß war – schon fast zu groß. Aber eins war klar: der Wagen, den ich fuhr, der musste sauber sein. Natürlich hätte ich mir einen Wagen von Thomas besorgen lassen können, aber das Risiko wollte ich nicht eingehen. In meinem Zimmer schnappte ich mir mein neues weißes Apple-Macbook, das ich mir einige Tage zuvor gegönnt hatte und ging ins Internet. Auf der Seite einer großen Autobörse hielt ich mich stundenlang auf, immer ambivalent, was ich nun kaufen sollte. Auch bei den Supersportwagen riskierte ich einen Blick. Ein Angebot eines Lamborghini Diablo in rot kam sogar aus Hannover. Aus der Postleitzahl konnte ich erkennen, dass der Wagen ironischerweise sogar aus Kirchrode stammte, dem bevorzugten Jagdrevier von Thomas, in dem alles angefangen hatte. Ich musste ein Lächeln unterdrücken. Ein

Lamborghini. Mein Traumwagen seit dem Kindergarten. Eigentlich war der Wagen viel zu auffällig für mich. Er war unpraktisch, laut, unbequem, spritfressend, aber es war eben auch ein Lamborghini. Ich beschloss, den Verkäufer, einen Privatmann, am nächsten Tag anzurufen. Falls ich den Wagen nicht kaufen sollte, dann hatte ich wenigstens einmal einen der faszinierendsten Wagen der Welt gefahren. Ich notierte mir die Nummer und suchte weiter, diesmal nach realistischeren Autos. Schließlich fand ich einen Porsche 911 in schwarz, ein Jahr alt und der Traumwagen meines Vaters. Außerdem hatte ich mir einen SL, ähnlich dem von Juri, einen Phaeton und einen Jaguar, beide eher als Langstreckenfahrzeug für die Berlin-Touren, herausgesucht. Vom Spritverbrauch her waren der Jaguar und der Phaeton die klügere Wahl, da es sich hierbei um Dieselfahrzeuge handelte. Schließlich fuhr ich dauernd nach Berlin und Frankfurt an der Oder. Aber dazu wollte ich mir am nächsten Tag Gedanken machen, denn noch ging mir der Lamborghini nicht aus dem Kopf.

Gleich morgens wollte ich mir die Telefonnummer der Vermieter von der Wohnung unter Juri besorgen. Ich klingelte bei besagter Wohnung und es stellte sich heraus, dass sie derzeit von der Eigentümerin selbst, einer älteren Dame, bewohnt wurde. So hatte ich gleich die Möglichkeit zu einer eingehenden Besichtigung. Das Bredero-Hochhaus war in den siebziger Jahren gebaut worden und anscheinend waren die gesamten einhundertvierzig m² seit dem nicht mehr renoviert worden. Die vorherrschenden Farben an Wänden, Fußboden und Fliesen waren braun, orange und grün. Die Gästetoilette war komplett in Orange gehalten. Im Vergleich zu Juris Wohnung, die denselben Grundriss hatte, war das ein Unterschied wie Tag und Nacht. Hier würde einiges gemacht werden müssen. Mit Mühe und Not konnte ich die Dame davon abbringen, mir auch noch ihre Möbel zu schenken. Sie erzählte mir, dass sie nach Spanien ziehen würde, und dort die schweren Möbel, Typ Eiche rustikal, nicht benötigen würde. Schnell wurden wir uns handelseinig über den Mietpreis und sie sagte mir die Wohnung zum nächsten Monatsersten zu. Das wäre in nicht einmal zwei Wochen und sie würde sich dann schon die Sonne auf den Bauch scheinen lassen, wie sie selbst so schön sagte.

Wieder in Juris Wohnung zurück, die mir im Vergleich zu meiner neuen Wohnung fast wie ein Palast vorkam, rief ich den Verkäufer des Lamborghini in Kirchrode an. Eine sonore Stimme antwortete und ich verabredete kurzerhand einen Termin zur Besichtigung des roten Teufels für den Nachmittag. Auch die anderen Verkäufer rief ich an. Der Porsche-Besitzer hatte sofort Zeit und so schnappte ich mir den Schlüssel von Juris SL und fuhr nach Altwarmbüchen, einer Stadt, nur ein paar Kilometer außerhalb von Hannover.

Der Wagen stand schon zur Probefahrt bereit. Frisch gewaschen war dem Lack deutlich anzusehen, dass der Wagen nie einen Winter erlebt hatte. Der Verkäufer hatte ihn als Drittwagen nur wenig bewegt und somit war das Auto in einem top Zustand. Auch auf eine gute Ausstattung hatte der freundliche Mittfünfziger geachtet, so dass außer einem großen Navi samt Telefon auch das große Klangpaket, ein Edelstahlauspuff und die Porsche-Turbofelgen gehörten, die allein schon gute fünftausend Euro wert waren. Den Kilometerstand von achtzehntausend gefahrenen Kilometern glaubte ich unbesehen. Gemeinsam machten wir eine Probefahrt und der Wagen flog nur so dahin. Seine dreihundertzwanzig PS konnte man fühlen und dank des Edelstahlauspuffs auch hören. Dreiundsechzigtausend Euro sollte der gerade einmal zwei Jahre alte schwarze Rennwagen kosten, in Anbetracht eines Neupreises laut vorliegender Rechnung von über einhunderttausend Euro ein wirklich gutes Angebot. Wir einigten uns auf sechzigtausend Euro und verabredeten uns für zwei Stunden später. Ich musste vorher noch Geld holen. Sicher ist ein Porsche, gerade auch in Bezug auf Spritverbrauch und Bequemlichkeit gesehen, nicht unbedingt erste Wahl, aber wer einmal in so einem Auto gefahren ist, der kann nachvollziehen, wie schwer es ist, solch einen Wagen nicht zu kaufen. Er hat Kraft, Eleganz, Image und doch wirkt er nicht zu angeberisch.

Mein Geld hatte ich bei der Plural-Bank in der City gebunkert. Auf einem Konto werden schnell Fragen gekommen, wenn ich andauernd Summen in dieser Größenordnung eingezahlt hätte. In diesem Zusammenhang fiel mir ein, dass ich ja noch immer Geld vom Arbeitsamt bekam. Das würde ich auch bald abstellen müssen. Bei dieser Niederlassung der Plural-Bank hatte ich also ein Konto eröffnet, auf dem ein paar hundert Euro als Einlage waren und zusätzlich hatte ich mir ein Schließfach gemietet. Und in diesem Schließfach befand sich mein gesamtes, durch unsere Autoschieberei erarbeitete Geld. Ich holte sechzigtausend Euro in bar und machte mich auf zur Lister Meile, um den SL wieder abzustellen. Dann nahm ich mir ein Taxi nach Altwarmbüchen, um den neuen Wagen abzuholen. Mittlerweile war ich schon aufgeregt, denn Jahre lang hatte ich gar kein Auto besessen und nun gleich solch eine Rakete. Aber ich merkte selbst, dass das, was ich tat, richtig war. Freundlich wurde ich hereingebeten, die Frau des Verkäufers hatte extra Kuchen gebacken und so schlossen den Kaufvertrag für den Wagen in richtiggehend familiärer Atmosphäre ab. Als ich den Wagen dann zum ersten Mal selbst startete, als er wirklich mir gehörte, da hatte ich Herzklopfen. Damit hatte sich mein Leben nun endgültig geändert. Der Tom Neuendorff aus Lehrte mit seiner ständig nörgelnden Freundin Anna und immer ohne Geld, der war nun endgültig Geschichte. Bühne frei für einen Tom Neuendorff mit schicken Klamotten, einem tollen Auto, massig Geld und einer wunderhübschen Freundin!

Zuerst vorsichtig, dann aber schnell spürbar sicherer fuhr ich auf die A37 Richtung Hannover. Hier gab es kein Tempolimit und schnell ging die Tachonadel über zweihundertfünfzig Stundenkilometer. Ich schwitzte, meine Hände verkrampften sich am Lenkrad, aber das Gefühl, dass ich hatte, kam einem Orgasmus gleich. Am Pferdeturm fuhr ich ab und bog nach links Richtung Kirchrode ab. Trotz allem wollte ich den Lamborghini wenigstens einmal gefahren haben.

Eine hohe Mauer und ein großes massives Tor versperrten die Sicht auf das Haus. Nur ein Teil des Daches war zu sehen. "Von Ritzenholtz" stand in einzelnen Messingbuchstaben, ähnlich denen auf Grabsteinen, an der Klingel. Mit einem Summen öffnete sich die Tür und ich erhielt Einlass auf das große, atemberaubend angelegte Grundstück. Ein Mann, vielleicht Ende dreißig, in einem perfekt sitzenden Anzug und mit einem strahlenden Lächeln, das seinen Zahnarzt reich gemacht haben musste, öffnete die Tür zur Villa.

"Sie sind wegen des Lamborghini hier?", fragte er mit einem leichten Hamburger Akzent. Ich nickte.

"Na dann kommen Sie mal mit."

Er ging auf eine Doppelgarage, die ein wenig abseits vom Haupthaus stand, zu. Mit einem elektrischen Türöffner zielte er auf einem Signalempfänger und das große Tor fuhr leise ratternd nach oben. Zum Vorschein kamen der Lamborghini und ein Ferrari 360 Modena, ebenfalls in rot. Der rote Lack funkelte in der Sonne, als würden zwei Diamanten sich in der Garage befinden. Von Ritzenholtz knipste sein Zahnpastalächeln wieder an, als er mir den Schlüssel gab. Ich ging zur Fahrertür, die ich vorsichtig öffnete. Es war ungewohnt, dass die Tür sich nach oben aufging. Dann glitt ich in den beigen Fahrersitz, wobei ich mich fast verknotete, so schwierig war es, sich richtig hinzusetzen. Ich saß nur ein paar Zentimeter über dem Garagenboden. Von Ritzenholtz, der neben dem Wagen stand, reichte das Dach nur bis an die Hüfte. Ein Traum! Vorsichtig ließ ich den Motor an. Heiser und bullig meldeten sich knappe vierhundert PS zum Leben. Ich tippte das Gaspedal nur ganz vorsichtig an, trotzdem sprang der rote Teufel mit einem Satz nach vorn, um mir dann abzusaufen. Von Ritzenholtz lachte.

"Den musst du mit ganz viel Gefühl fahren. Der ist wie eine Jungfrau." Er nahm auf dem Beifahrersitzplatz Platz. Nach einem in erneutem Druck auf seinen Signalgeber öffnete sich das Tor zur Straße. Mit ganz viel Gefühl drückte ich vorsichtig aufs Gas. Diesmal gelang mir das Fahren schon besser und wir fuhren langsam auf die Straße. Nachdem ich einige Minuten vorsichtig durch ein paar ruhige Nebenstraßen gefahren war, loste von Ritzenholtz mich wieder Richtung Messeschnellweg. Dort trat ich dann einmal richtig aufs Gas. Der Motor im Lamborghini ist direkt hinter dem Fahrersitz angebracht und dieser Motor brüllte nun wie ein wilder Stier. Ich wurde in den Liegesitz gepresst, als der Wagen mit einer unheimlichen

Beschleunigung los tobte. Ich fühlte mich wie in einem Düsenjäger. Von Ritzenholtz amüsierte sich ganz prächtig auf dem Beifahrersitz. Dieses Auto ist unübersichtlich, teuer, anfällig, spritschluckend und mit über zwei Metern Breite überhaupt nicht für die Stadt geschaffen. Es ist der absolute Blödsinn, sich so ein Auto zu kaufen. Aber ich wusste, dass ich dieses Auto haben wollte, nein, haben musste. Ich hatte mir zwar erst gute zwei Stunden vorher einen Porsche gekauft, aber dieses Auto musste ich einfach haben. Allerdings wollte ich nicht jeden Tag damit fahren, er Wagen sollte nur für besondere Gelegenheiten sein, denn für die Stadt war er wirklich zu unpraktisch. Wir fuhren wieder zurück nach Kirchrode und ich parkte den Wagen vor der Garage. Von Ritzenholtz musste nur mein Gesicht sehen, um zu wissen, dass er einen Käufer gefunden hatte. Ich sollte wirklich niemals Poker spielen. Der aufgerufene Preis von fünfundsiebzigtausend Euro kam mir realistisch vor, allerdings hatte ich im Internet die Preise auch nicht verglichen.

"Ich kann dir ein gutes Angebot machen, wenn du den Wagen möchtest. Du siehst mir nämlich wie jemand aus, der gern schnell fährt und sich nicht unbedingt ans Tempolimit hält."

Das machte mich neugierig und von Ritzenholtz setzte auch schnell zu einer Erklärung an:

"Der Wagen gehört meiner Schweizer Firma ich verkaufe dir die Schweizer Firma mit und der Wagen bleibt so mit den Schweizer Nummernschildern."

Das war mir noch gar nicht aufgefallen, aber als von Ritzenholtz das erwähnte, da sah ich, dass beide Wagen keine deutschen, sondern Schweizer Nummernschilder am Auto hatten. Von Firmenrecht hatte ich nun gar keine Ahnung und von Ritzenholtz erklärte mir, dass er als Unternehmensberater arbeitete und vornehmlich Firmenmäntel verkaufte und eben auch für solche Sachen, wie die Zulassungen seiner Fahrzeuge, selbst nutzte. Seine Schweizer AG, der der Lamborghini gehörte, wurde von einer englischen Limited gehaltenen, und diese verkaufte er mir. Der Vorteil der englischen Limited war der, dass wir damit nicht zum Notar gehen brauchten, sondern einfach ein Schreiben an das englische Handelsregister schicken konnten, indem wir beide bestätigten, dass ich der neue Inhaber der Limited wäre. Das hätte den weiteren Vorteil, dass Bußgeldbescheide von Deutschland in der Schweiz nicht vollstreckt wurden. Auch Punkte würde ich nur erhalten, wenn man nicht direkt stellen würde, aber nicht bei reinen Blitzfotos. Das war natürlich ein absoluter Vorteil. Außerdem gab das Ganze auch noch zusätzliche Anonymität, denn es wäre bei einer eventuellen Überprüfung schwer erklärbar gewesen, wie ein Hartz-IV-Empfänger, der ich ja immer noch war, einen Lamborghini fahren kann. Zum Glück hatte ich den Porsche noch nicht umgemeldet, und von Ritzenholtz sagte mir zu, für eine kleine Gebühr den Porsche ebenfalls auf die Schweizer Firma umzumelden. Letztendlich einigten wir uns darauf und ich zahlte für den roten Teufel und die beiden Firmen zusammen achtzigtausend Euro. Mit dem Porsche fuhren wir zusammen zur Bank und ich holte das Geld aus meinem Schließfach. Der heutige Tag hatte ein ganz schönes Loch in mein großes Geldbündel gerissen. Von Ritzenholtz händigte mir alle Papiere aus und ich gab ihm das Geld. Auf der Rückfahrt erzählte er mir noch ein paar interessante Dinge über den Handel mit Firmen und Firmenmänteln. Und je mehr er erzählte, desto klarer wurde eine Idee, die als kleines Glimmen in meinem Kopf angefangen hatte, aber jetzt wie eine große Fackel in meinen Gedanken brannte. Da ich den Profi neben mir sitzen hatte, fragte ich ihn direkt:

"Angenommen, ich habe eine deutsche Firma. Sagen wir mal, eine GmbH, und diese GmbH würde nun versuchen, Autos zu leasen, was meinen Sie, wie viele Autos könnte man damit bekommen?"

"Das kommt ganz auf die jeweilige Gesellschaft an. Wichtig ist immer der Bonitätsindex. Wenn die Gesellschaft einen guten Index und einen sauberen Geschäftsführer hat, dann sind problemlos bis zu zwanzig Autos pro Gesellschaft möglich."

"Und jetzt die nächste Frage gleich hinterher. Wenn ich zu einem Autohaus gehe, meinen Sie, dass die mir eine Provision zahlen, wenn ich zwanzig Autos abnehme?"

"Das klappt in der Regel. Zum Teil wird das auch so gemacht, dass bei den Autos eine Summe von zum Beispiel zweitausend bis fünftausend Euro pro Auto auf den Kaufpreis aufgerechnet wird und diese Summe wird dann als Provision an Sie ausgezahlt.

Da habe ich auch einen guten Händler in Magdeburg. Der ist ganz zugänglich für sowas."

„Haben Sie denn eine Firma, die gut wäre für zwanzig Wagen?"

„Das ist alles eine Sache des Preises. Sie brauchen lediglich einen reinen GmbH-Mantel, der keine aktive Geschäftstätigkeit mehr innehat. Das bedeutet, dass die also keine ganze Firma im herkömmlichen Sinn mit Angestellten, Büros und Inventar oder Ware kaufen, sondern nur das reine juristische Konstrukt, die juristische Person der GmbH erwerben. Wichtig hierbei ist, dass die Gesellschaft noch einen aktiven Bonitätsindex bei den Auskunfteien, ähnlich wie die Schufa bei Privatpersonen, hat. Mit einer anständigen Auskunft ist es problemlos möglich, dann über die GmbH Autos zu leasen. Dazu brauchen wir die Gesellschaftsanteile, also die im Handelsregister eingetragenen Anteile, beim Notar zu übertragen, und schon kann man mit der Gesellschaft arbeiten. Gute Gesellschaften fangen bei circa fünfzehntausend Euro an. Was sie eben dazu brauchen, ist ein sauberer und vorzeigbarer Geschäftsführer. Aber da hätte ich auch Leute an der Hand, die für kleines Geld dabei mitmachen."

„Lassen Sie mich das mit meinem Partner besprechen und ich denke mal, dass wir dann ins Geschäft kommen können."

Ich setzte von Ritzenholtz vor seiner Villa ab und machte mich mit dem Lamborghini auf den Weg in die City. Den Porsche ließ ich vorerst in Kirchrode vor seinem Haus stehen. Ich hoffte nur, dass Thomas den nicht heute Nacht klaute. Die Dinge, die von Ritzenholtz mir erzählt hatte, klangen sehr interessant. Wenn wir über eine Firma Autos leasen oder finanzieren würden, könnten wir diese problemlos über die Grenze bringen, da die er nirgends als gestohlen gemeldet wären. Und der zusätzliche Anreiz war natürlich auf der einen Seite, dass wir nun Autos auf Wunsch mit entsprechender Ausstattung liefern konnten, was noch einmal den Preis, den wir dafür bekommen würden, erhöhte, auf der anderen Seite war die Provision, die wir von den Autohäusern bekommen würden, sehr interessant. Ich musste sofort mit Juri sprechen.

Nachdem ich Juri die Neuigkeiten erzählt hatte und er mich bezüglich des Lamborghinis erst für verrückt erklärt hatte, nach einer Probefahrt seine Meinung aber grundlegend geändert hatte, rief ich noch am gleichen Abend von Ritzenholtz an. Er hatte Zeit und Juri und ich machten uns nach Kirchrode auf. Von Ritzenholtz erklärte Juri den Ablauf noch einmal in Kurzform und wir kamen überein, die Juventus Promotion GmbH bei von Ritzenholtz zu kaufen. Er hatte zu dem Gespräch auch jemanden eingeladen, der den Geschäftsführerposten als Strohmann übernehmen sollte. Dieser sollte bei Übertragung der Gesellschaftsanteile eine Summe von fünfhundert Euro und für jedes gekaufte Auto ebenfalls eine Summe von fünfhundert Euro bekommen. Gemeinsam verabredeten wir einen Termin bei einem Notar für den nächsten Tag, den von Ritzenholtz direkt in einem Telefonat mit dem Notar bestätigte.

Pünktlich um drei Uhr am nächsten Tag standen die in der Kanzlei Angermeyer & Collegen in der Innenstadt von Hannover. Von Ritzenholtz und der Strohmann, ein Herr Sänger, den wir am Abend vorher bereits kennen gelernt hatten, waren schon anwesend. Von Ritzenholtz händigte mir einige Ordner Geschäftsunterlagen aus und dann gingen wir zur Beurkundung. Nach knapp zwanzig Minuten war die Gesellschaft auf Sänger überschrieben und wir konnten mit der Autobesorgung beginnen. Von Ritzenholtz gab uns den Tipp, einen Teil der Autos zu finanzieren, statt zu leasen. Auf diese Weise war es möglich, zusätzlich noch die im Kaufpreis enthaltene Mehrwertsteuer vom Finanzamt in voller Höhe rückerstattet zu bekommen. Jeder Autokauf würde und so auf drei Arten Geld einbringen: durch die Provision, die Mehrwertsteuerrückerstattung und den Verkaufspreis. Noch vom Notariat aus rief von Ritzenholtz bei seinem Magdeburger Autohändler an, um uns für den Nachmittag zu avisieren.

Mit Sänger fuhr ich im Porsche direkt nach Magdeburg. Innerhalb einer Stunde war ich da und traf auch gleich auf den gesuchten Verkäufer. Herr Noack, ein junger, schlaksiger Kerl im kurzärmligen Jeanshemd, mit einem rotblonden Bürstenhaarschnitt und einem Goldkettchen nahm mich mit in sein Büro, während sich Sänger draußen Autos anguckte. Der Sänger war mir nicht ganz geheuer. Aus der Beurkundung wusste ich, dass er siebenundvierzig Jahre alt war. Er hatte eine seltsame Art an sich, wie ich schlecht beschreiben kann. In meinen Augen war er ein Typ, der auch seine Großmutter verkauft hätte, und zwar nicht zum besten, sondern gleich beim ersten Angebot. Er hatte etwas Gnadenloses an sich. Von Ritzenholtz hatte mir erzählt, dass Sänger chronisch pleite war. Als ich ihn jedoch genauer ansah, bemerkte ich, dass Sänger nur ausgesuchte Markenkleidung von Hérmes, Louis Vuitton und Prada trug. Entweder, so war meine Einschätzung, war er kaufsüchtig oder, und der Verdacht lag mir näher, kokste er. Dieser Verdacht erhärtete sich die Fahrt über schon, da er dauernd die Nase hochzog, meist sogar unbewusst.

Mit Noack sprach ich gleich Klartext, von Ritzenholtz hatte ihn soweit instruiert, dass ich keine Show abziehen brauchte. Ich bestellte erst einmal fünf BMW der 5er-Reihe, alle mit Vollausstattung. Noack hatte diese bereits auf dem Hof stehen und pro Fahrzeug rechnete er zehntausend Euro auf, von denen allerdings die Hälfte als Anzahlung verbucht werden sollte, um den Banken gegenüber Eigenkapital darzustellen. Weitere fünf Fünfer fragte er über eine andere Bank an, auch hier mit den gleichen Aufrechnungen. Die Antworten kamen innerhalb einer halben Stunde. Insgesamt zehn Zusagen! Wie hatten alleine an Provisionen heute fünfzigtausend Euro verdient. Und für die zehn Fünfer würden wir bei Vitali einen guten Preis bekommen, da diese Wagen auf keiner Fahndungsliste auftauchen würden. Noack bereitete die Unterlagen vor, Sänger unterschrieb, und so hatten wir die ersten Fahrzeuge über diese Schiene geholt. Weitere Fahrzeuge gewollte Noack am nächsten Tag anfragen, er wollte in Ruhe welche heraussuchen. Mit Sänger machte ich mich auf dem Rückweg nach Hannover und wie erwartet, fragte er gleich nach seinem Anteil. Da ich aber keine Lust hatte, groß in Vorkasse zu treten, gab ich ihm erstmal nur fünfhundert Euro, mit dem Hinweis, dass er den Rest bekommen sollte, wenn abgerechnet wäre. Das sollte laut Noack spätestens innerhalb von zwei Wochen der Fall sein. Ich setzte Sänger in einer Straße im hannoverschen Stadtteil Vahrenwald ab und fuhr zu Juri, um ihm die erfreuliche Mitteilung zu machen. Er war begeistert und wir feierten unseren Erfolg mit einer Flasche Wodka. Juri hielt sich allerdings zurück, denn am nächsten Morgen musste er nach Berlin fahren. Eigentlich hätte ich das machen sollen, aber ich wollte wieder mit Sänger nach Magdeburg, um weitere Wagen zu kaufen. Ich hatte schon beim Notartermin mitbekommen, dass Juri und Sänger überhaupt nicht miteinander klarkamen. Auch mit Noack hatte ich am heutigen Tage ein Vertrauensverhältnis aufgebaut und so übernahm Juri fürs erste die Tour Richtung Osten.

Noack begrüßte uns gut gelaunt. Er hatte insgesamt zwölf Gebrauchtwagen für uns herausgesucht und für neun davon lagen bereits Zusagen vor. Es waren unter anderem eine S-Klasse, ein Jaguar, ein Landrover, zwei Jeep und einige andere Wagen. Ich wusste, dass für Vitali gerade Geländewagen und SUVs wichtig waren, und so freute ich mich über die Auswahl von Noack. Innerhalb der nächsten Stunde gingen auch die drei noch fehlenden Zusagen ein und Sänger unterschrieb alle Verträge. Insgesamt hatten wir nun mit dieser einen Firma über einhunderttausend Euro nur an reinen Provisionen durch Aufpreise gemacht. Von den Verkaufserlösen der Wagen und der rückfließenden Mehrwertsteuer mal ganz abgesehen insgesamt würde uns nur diese Firma fast vierhunderttausend Euro bringen. Der Kauf des Lamborghini hatte sich durch den Kontakt mit von Ritzenholtz mehr als gelohnt und bezahlt gemacht.

Wieder in Hannover angekommen, erhielt Sänger einen weiteren Abschlag von fünfhundert Euro. Ich musste mir Sänger warmhalten, schließlich mussten wir noch die Mehrwertsteuer vom Finanzamt zurückfordern. Und die Juventus GmbH sollte ja nicht die letzte Gesellschaft gewesen seien, die wir kauften. Daher rief ich, gleich nachdem ich Sänger in Vahrenwald abgesetzt hatte, von Ritzenholtz an. Er hatte zwei weitere interessante Gesellschaften für mich: die P+S Naturstein GmbH und die MediEvil Verlag GmbH. Für beide zusammen wollte er fünfzigtausend Euro haben und ich sagte zu. Von Ritzenholtz versprach, sich bezüglich eines Notartermins für den kommenden Tag noch einmal zu melden. Ich rief Juri in Berlin an. Er war gerade bei Vitali und so konnte er ihm die zwölf Fahrzeuge, die ich heute organisiert hatte, gleich mit anbieten. Juri war auch mit dem Kauf der beiden neuen Gesellschaften einverstanden. Er erinnerte mich noch daran, abends die Steintor-Tour nicht zu vergessen. Dafür wollte ich den Lamborghini nehmen, ein wenig angeben. Am Steintor würde der Wagen gewiss auffallen, aber ich stand ja unter Juris Schutz, so dass ich mir keine Sorgen machen musste.

Als ich mit blubberndem Motor im Lamborghini am Steintor vorfuhr, erntete ich natürlich viele neugierige Blicke. Der Wagen war ja auch extrem auffällig. Nur das Einparken machte mir Probleme, da der Wagen gerade nach hinten wegen der fehlenden Rückfenster und der Verstrebungen ziemlich unübersichtlich war. Und es gibt an sich nichts peinlicheres, als mit so einem Wagen vorzufahren und dann nicht einparken zu können. Aus diesem Grund konnte ich an dem Abend nicht in der Scholvinstraße, wo sich Roberts Club befand, parken, sondern musste in die parallele Reitwallstraße ausweichen, wo ich verkehrswidrig vor einer Litfasssäule hielt. Die paar Meter bis zu Robert ging ich zu Fuß. Ich hatte ihn, da ich mich in den vergangenen Wochen meist nur noch um die Autoschiebergeschäfte gekümmert hatte, einige Zeit nicht mehr gesehen und er freute sich, dass ich ihn wieder einmal besuchte. Von Juri hatte er schon über den Lamborghini gehört und fragte mich gleich nach einer Probefahrt. Eigentlich konnte ich es nicht leiden, wenn andere Leute meine Autos fahren, aber Robert mochte ich und so gingen wir nach dem obligatorischen Tee zur Reitwallstraße. Der Wagen war, obwohl er mehr als falsch geparkt war, noch da. Auch das ist ein Vorteil, kein Abschlepper traut sich an so einen Wagen ran. Versucht er, ihn auf die Ladefläche zu ziehen, würde er die Stoßstange vorn abreißen, versucht er, ihn auf dem Abschleppwagen zu heben, hat er Probleme, die Greifer über die 335er Hinterreifen zu bekommen. Und Falschparktickets gehen an die Briefkastenadresse in der Schweiz. Besseres Parken konnte ich mir kaum vorstellen. Um das Auto herum hatte sich ein richtiger kleiner Menschenauflauf gebildet. Ein wenig stolz schloss ich den Wagen auf. Robert nahm auf dem Fahrersitz Platz und startete den Motor. Danach trat er im Leerlauf aufs Gas und ein infernalisches Brüllen ließ die zwölf Zylinder aufschreien. Langsam fuhr Robert los, schaltete aber immer wieder in den

Leerlauf zurück, um den Sound richtig genießen zu können. Er fuhr über den Kreisel am Klagesmarkt, bog dann rechts Richtung Berliner Allee ab und jagte den Wagen schließlich auf die zweispurige Vahrenwalder Straße. In Höhe von McDonald's, wo die Straße dreispurig ist, ließ er dann richtig die Sau raus. Der Wagen beschleunigte innerhalb von Sekunden auf mehr als 140 km/h. Er zog die Gänge bis in den roten Bereich und schaltete erst dann. Die 335er Reifen krallten sich in den Asphalt, aber der Wagen lag wie ein Brett auf der Straße. In Höhe der Kaserne drehten wir und fuhren wieder stadteinwärts. Dann, beim Wasserturm, mussten wir an einer roten Ampel in vorderster Reihe halten. Neben uns hielt ein aufgemotzter Audi A8 älteren Baujahrs mit drei durchgestylten Albanern darin. Am Rückspiegel baumelte die anscheinend unvermeidliche Gebetskette und aus dem offenen Fenster drang albanische Volksmusik, die ich persönlich immer für einen Angriff auf jedes halbwegs normale Trommelfell gehalten habe. Der Fahrer, trotz Dunkelheit mit Sonnenbrille, spielte mit dem Gaspedal, sein Wagen ruckte immer wieder vor. Anscheinend wollte er ein Rennen fahren. Robert grinste nur und als die Ampel auf Grün umsprang, trat Robert das Gaspedal durch. Brüllend schob der Lamborghini sich in Richtung Innenstadt, wieder ging der Drehzahlmesser in Richtung des roten Bereichs. Von hinten blitzte plötzlich Blaulicht auf. Robert war irritiert, fuhr dann aber langsamer und bei nächster Gelegenheit rechts ran. Ich schaute durch das kleine Fenster nach hinten. Direkt hinter uns befand sich ein Zivilwagen, der in der Sonnenblende „ Stopp – Polizei" aufblitzen ließ. Anscheinend hatte der Polizeiwagen direkt hinter uns an der Ampel gestanden und die beiden Polizisten waren von unserem Kavalierstart nicht sonderlich begeistert. Von beiden Seiten traten sie an das Auto heran, eine Hand auf der Hüfte, griffbereit zur Pistole. Robert ließ das Fahrerfenster herunter.

„Guten Abend. Goedecke vom PK2. Können Sie sich vorstellen, warum wir sie angehalten haben?"

Robert war mit einem Mal ganz kleinlaut. „Ich bin wohl etwas zügig losgefahren."

„Zügig ist schon einmal eine gute Beschreibung für diese Aktion, wie sie uns da gerade gezeigt haben."

„Wissen Sie, der Wagen ist von meinem Freund und ich fahre ihn gerade zum ersten Mal. Und ich bin den Wagen noch nicht gewöhnt. Der hat ja doch ein paar PS mehr als meiner."

Dem Polizeibeamten schien das nicht wirklich zu interessieren.

„Dann hätte ich ganz gern mal Führerschein und Fahrzeugpapiere."

Robert gab ihm seinen Führerschein ich gab ihm den Fahrzeugschein.

„Bleiben Sie bitte im Wagen." Damit ging er nach hinten zum Polizeiwagen, während sein Kollege weiterhin am Auto stehen blieb. Kurz darauf war er wieder zurück. Er gab Robert die Papiere wieder zurück.

„Fahren Sie das nächste Mal bitte etwas vorsichtiger an. Schönen Abend."

Das war ja gerad noch einmal gut gegangen. Robert war die Aktion recht peinlich und er fuhr wortkarg zurück zum Steintor. Vor seinem Club war jetzt ein Parkplatz frei geworden und so stellte er den Wagen direkt davor ab.

„Schönes Auto. Trotz allem..."

Oben in seinem Privatzimmer rechneten wir den Tag ab und ich verschwand Richtung Herschelstraße. Olga und Ivona würden schon warten, denn durch den Ausflug mit Robert war ich recht spät dran. Als ich neben den beiden hielt, machten sie große Augen und bestaunten den Renner erst einmal ausgiebig. Mit beiden musste ich jeweils eine kleine Runde drehen und sie fanden den Wagen echt toll. Nachdem ich auch bei ihnen kassiert hatte, machte ich mich auf den Weg zum Bredero-Hochhaus. Die Vermieterin meiner neuen Wohnung hatte mir mitgeteilt, dass ich am nächsten Morgen die Schlüssel haben könnte. Ich ging also früh ins Bett.

Um neun Uhr empfing Frau Mertens mich. Die Möbel hatte sie alle aus der Wohnung entfernen lassen. Ich hatte mich geirrt - irgendwann musste sie doch mal neue Tapeten gekauft haben, denn sie hatte um die Schränke herum tapeziert. Man konnte dort, wo die Möbel vorher gestanden hatten, eine noch ältere Tapete aus den frühen siebziger Jahren sehen, die mich fast schwindeln ließ, so dermaßen hässlich war sie. Frau Mertens hatte den Mietvertrag vorbereitet und ich unterschrieb. Das würde ein ganz schönes Stück Arbeit werden, diese braun-grüne Hölle in eine schicke Wohnung umzuwandeln. Juri hatte mir eine sehr gute Innenarchitektin namens Emine Fuchs empfohlen. Sie wollte um elf hier sein. Ich hoffte nur, dass sie nicht gleich das Handtuch werfen würde. Mit einer Viertelstunde Verspätung klingelte es an der Tür. Ich öffnete und mir gegenüber stand eine kleine, quirlige Person mit langen schwarzen Haaren. Um nicht noch mehr Zeit zu verlieren, ging ich gleich mit ihr durch die Räume, um ihr alles zu zeigen. Sie notierte, maß aus und fotografierte.

"Eine Basis habe ich, aber das wird ganz schön viel Arbeit, Herr Neuendorff."

Ich hatte ihr am Telefon schon mitgeteilt, was ich mir vorstellte. Dazu gehörte dunkles Parkett, weiße Kassetten, dazu passende Kassettentüren, ein neues Badezimmer mit Whirlpool und Einbaumöbel.

"Ich werde das alles einmal durchkalkulieren und dann maile ich Ihnen das heute Abend oder spätestens morgen früh zu.", lächelte sie herzlich und verschwand wieder.

In der Kanzlei Angermeyer wartete bereits von Ritzenholtz mit Sänger im Schlepptau. Beide Gesellschaften wurden auf Sänger übertragen, von Ritzenholtz erhielt sein Geld und Frau Kaufmann, die Notariatskraft, händigte uns die Unterlagen aus. Damit konnten Sänger und ich uns direkt wieder auf den Weg nach Magdeburg zum Autohaus von Noack machen. Dort wurden wir mittlerweile schon wie alte Freunde begrüßt. Noack fragte an und gute drei Stunden später hatten wir insgesamt sechsunddreißig Autos gekauft, teilweise geleast, teilweise finanziert. Das heutige Geschäft hatte sich wieder gelohnt. Noack nahm mich, während Sänger die ganzen Papiere unterschrieb, kurz zur Seite.

„Das war aber, was Herrn Sänger angeht, jetzt auch das Maximum an Autos, was ich durchbekomme. Immerhin laufen auf seinen Namen", dabei zeigte er auf Sänger, "jetzt achtundfünfzig Autos, bei Firmen, in denen er als Geschäftsführer eingesetzt ist. Ich weiß ja, wie von Ritzenholtz arbeitet, aber fragen Sie ihn bitte beim nächsten Mal nach einem weiteren Geschäftsführer."

Ich versprach es. Von Noack bekam ich noch die Info, dass die ersten Wagen zum nächsten Tag zugelassen wären. Einen Satz Schlüssel gab er mir direkt mit, damit könnten die Wagen dann schon abgeholt werden. Ich würde wohl noch zusätzliche Fahrer besorgen müssen, um die Wagen nach Frankfurt/Oder zu bringen. Dort sollte diese Lieferung nämlich hingehen. Nachdem ich Juri Bescheid gegeben hatte, rief ich auf seine Anweisung hin bei Oleg an. Da Oleg an jedem Fahrzeug etwas verdiente, dass wir an Vitali verkauften, musste er uns in diesem Fall mit Fahrern aushelfen, um die zweiundzwanzig ersten Fahrzeuge schnellstmöglich zur Oder-Grenze zu schaffen. Oleg versprach einen Rückruf. Ich wollte Sänger zuhause absetzen, aber er wollte noch zum Steintor. Wir hatten bei Helmstedt relativ lange im Stau gestanden, weil es einen schweren LKW-Unfall gegeben hatte. Daher war es mittlerweile recht spät und ich würde gleich zu Robert gehen können. Somit passe das ganz gut. Da ich den Porsche absprachegemäß abgemeldet hatte und von Ritzenholtz die neuen Nummernschilder aus der Schweiz noch immer nicht zurückbekommen hatte, blieb mir momentan nichts anderes übrig, als die ganzen Fahrten mit dem Lamborghini zu machen. Für die Tour Hannover-Magdeburg und zurück, was ungefähr 300 km sind, hatte ich einen ganzen Tank leergefahren. Und im Stau machte dieses Auto gar keinen Spaß. Umso begeisterter war Sänger aber gewesen. Am Steintor angekommen, gab ich ihm diesmal statt der obligatorischen fünfhundert Euro eine Summe von zweitausend Euro. Immerhin hatten wir mit Sänger eine Menge Geld verdient und er würde später den Ärger dafür bekommen, wo die Autos wären. Diesen Punkt hatten wir aber schon mit von Ritzenholtz besprochen: nachdem alle Autos über die Grenze wären, und die Firmen auch anderweitig genutzt worden wären, von Ritzenholtz hatte da schon ein paar Ideen auf Lager, würden wir die Gesellschaftsanteile an ein paar Litauer verkaufen, die auch bestätigen würden, dass sie alle Autos mitbekommen hätten. Damit würden wir Sänger nicht der Strafverfolgung aussetzen.

Am Steintor fand ich wieder einen Parkplatz, direkt vor dem Havanna. Sänger verschwand gleich in einem von den Puffs. Ich rechnete mit Robert und den Frauen ab, aber lange hielt ich mich diesmal nicht bei ihm auf. Ich wollte recht bald nach Hause. So viel Spaß es auch macht, mit dem Lamborghini zu fahren, nach einiger Zeit bekommt man aufgrund der unbequemen Haltung doch Rückenschmerzen. Gerade als ich Roberts Club verließ, kam Jasmin, Annas Freundin, aus dem Havanna. Sie sah mich und kam gleich auf mich zu.

"Hey was machst du denn hier?"

"Na", ich gab ihr links und rechts einen Kuss auf die Wange zur Begrüßung, "dich habe ich ja ewig nichts mehr gesehen."

Ich freute mich richtig, sie wiederzusehen. Seit mit Anna Schluss war, hatte ich naturgemäß auch mit Jasmin keinen Kontakt mehr, was ich eigentlich sehr schade fand. Aber genau das bei Trennungen immer das Problem, dass ihre Freunde bei ihr bleiben und seine Freunde bei ihm. Und Jasmin war nun mal mehr Annas Freundin als meine.

"Bist du ganz allein hier?", fragte ich sie.

„Ja, ich wollte mal gucken was die Männerwelt so treibt. Mit Serkan ist ja Schluss."

Ich war überrascht. "Das war doch schon öfter, oder? Ich dachte, Ihr hättet euch jetzt mal endgültig zusammengerafft."

„Ach der Spinner hatte wieder voll die Eifersuchtsszene im Skylight hingelegt und Ahmet aufs Maul gehauen, weil er dachte, ich hätte was mit dem."

„Naja, du weißt ja, was ich von Deinem tollen Serkan so halte."

„Ja, ja, ich weiß. Ich hab auch keine Ahnung, was ich mit dem wollte."

Jasmin hatte sich richtig ist sexy zurecht gemacht und trug ein ganz knappes Outfit mit tiefem Einblick. Ihre Haare, blond, waren jetzt auch kürzer und sie sah heute richtig scharf aus. Ich hatte noch keine Lust, sie gehen zu lassen.

"Gut siehst du heute aus. Gefällt mir. Wollen wir nicht noch was trinken gehen?"

„Gern. Du hast aber auch ganz schön was aus dir gemacht."

Sie musterte mich. Heute hatte ich wieder ein Outfit von Sébastian an, bestehend größtenteils aus Dolce & Gabbana-Sachen. Auch meine neue Frisur schien ihr zu gefallen.

„Kennst du das Sol y Mar im Bahnhof? Lass uns mal da hingehen."

Dabei öffnete ich die Flügeltür von meinem Rennwagen. Jasmin guckte entgeistert.

„Ist das deiner?"

„Ja, in meinem Leben hat sich ein bisschen was geändert."

Sie konnte es gar nicht glauben. Ich ging um den Wagen rum und öffnete ihr die Flügeltür. Vorsichtig stieg sie ein. Als ich den Motor startete, der sofort mit einem heiseren Keuchen antwortete, strahlten ihre Augen richtig. Wir fuhren das kurze Stück zum Hauptbahnhof Hannover, wo im ehemaligen Königssaal von König Ernst-August von Hannover nun eine ganze tolle Location entstanden war, in der man in netter Atmosphäre Cocktails trinken konnte. Den Wagen stellte ich, da wieder einmal kein Parkplatz in ausreichender Breite vorhanden war, auf dem Parkplatz für den Bundesgrenzschutz ab. Ich hoffte, die würden mich nicht abschleppen, aber andere Möglichkeiten gab es ja nicht.

Im Sol y Mar war es wie immer gut besucht, aber wir bekamen einen kleinen Tisch in der Ecke. Aus der reichhaltigen Cocktailauswahl bestellte ich eine Caipirinha für mich und einen Sex on the Beach für Jasmin. Das Besondere an dieser Location ist, dass es keine Stühle gibt, sondern man sich auf Podesten, die mit Matratzen belegt sind, so richtig ausruhen und langmachen kann. Jasmin legte sich, auf einen Arm aufgestützt, neben mich. An ihrem Blick konnte ich erkennen, welches Thema das nächste wäre: Anna. Und richtig, kaum hatte sie den ersten Schluck von ihrem Cocktail getrunken, da legte sie los.

"Sag mal, was war eigentlich bei dir und Anna?"

"Was soll gewesen sein? Sie ist mir auf die Nerven gegangen, ich bin mit dem ganzen Rumgezicke und den Eifersüchteleien nicht mehr klargekommen und dann habe ich jemand anderes kennen gelernt und das war's."

„Naja, Recht hast du ja. Behandelt hat sie dich wirklich wie den letzten Dreck. Wer ist denn die andere?"

„Sie heißt Oxana. Im Moment ist sie leider schon wieder in Warschau."

„In Warschau? Das ist ja auch blöd für dich, oder?"

„Wie man's nimmt. Ich hab im Moment so viel um die Ohren, da hätte ich gar nicht genug Zeit, mich um sie zu kümmern. Der

Sex fehlt mir ein bisschen, aber das Warten habe ich ja bei Anna gelernt."

„Das hatte ich mitbekommen, die ist ja ziemlich frigide, was das angeht."

„Das kannst du laut sagen."

"Ich kann das gar nicht verstehen", dabei legte sie ihre warme, weiche Hand auf meine, "ich fand dich schon immer süß."

Hoppla, was war das denn auf einmal? Als ich Anna und Jasmin kennen gelernt hatte, da waren sie zusammen unterwegs. Anbaggern wollte ich damals eigentlich Jasmin, aber irgendwie war ich dann mit ihrer Freundin Anna zusammengekommen, weil Jasmin sich nicht die Bohne für mich interessiert hatte. Sie beugte sich zu mir rüber, sei mir tief in die Augen und dann küsste sie mich. Ganz vorsichtig zuerst nur, aber als ich keinen Widerstand leistete, schon etwas fordernder. Ihre Zunge ging auf Wanderschaft und spielte mit meiner. Dann zog sie sich zurück.

"Lass uns zu dir fahren", sagte sie leise.

Ich war baff. Schon immer hatte ich mir eine Nacht mit Jasmin gewünscht. Das war eine meiner unausgelebten Phantasien. Jahrelang hatte ich darauf gewartet und gehofft, dass sie genau diesen Satz zu mir sagen würde. Und nun, da ich mit Oxana glücklich war, ausgerechnet jetzt, hatte ich die Gelegenheit, alles mit Jasmin anzustellen, was ich wollte. Irgendwie war die Welt doch ungerecht! Mein alter Freund Kurt hatte mal folgenden, absolut passenden Satz geprägt: „Haste keine, kriegste keine; haste eine, kriegste alle." Jetzt war wieder zu merken, wie recht er damit hatte. Ich merkte, wie Jasmin mich abwartend ansah. Scheiß drauf, es war nur Sex! Das würde an meiner Liebe zu Oxana nichts ändern. Ich legte einen Zwanziger auf den Tisch und wir verließen die Location. Sollte doch auch der Kellner was von meinem Glück haben.

Kurz darauf waren wir in Juris Wohnung. Ein wenig komisch kam ich mir schon dabei vor, in dem Bett, das eigentlich Oxana und mir gehörte, Sex mit einer anderen Frau zu haben, aber die Gier nach Jasmins schlankem Körper, nach ihren großen wunderschönen Brüsten war stärker als das schlechte Gewissen. Schon im Fahrstuhl fielen die ersten Hüllen und ich konnte mich gerade noch beherrschen, Jasmin nicht schon zwischen der

zweiten und dritten Etage zu nehmen. Schnell landeten alle Kleidungsstücke auf dem Fußboden und wir fielen in die Kissen. Jasmin drückte mich nach unten, so dass ich auf dem Rücken lag. Von außen fielen die Lichter der Stadt durch das Fenster und der leichte Lichtglanz spiegelte sich auf Jasmins Brüsten. Sie waren groß und füllig, aber auch fest. Ihre Brustwarzen waren erigiert und standen wie kleine Ventile von Autoreifen ab. Sie nahm ihn in die Hand und setzte sich vorsichtig auf ihn. Eine wohlige Wärme umfasse mich und sie fing erst langsam, dann immer schneller an, auf mir zu reiten. Sie warf ihren Kopf nach hinten, die Brüste wippten auf und nieder. Ich umfasste ihre Titten mit beiden Händen, knetete sie und merkte, wie sehr sie das anturnte. Dann kam sie, wobei sich stark keuchte und leise schrie. Auch ich war soweit und pumpte eine geballte Ladung Glück in sich hinein. Wieder hatte ich nicht darauf geachtet zu verhüten, aber ich konnte mir darüber nicht lange Gedanken machen, denn Jasmin war immer noch nicht fertig mit mir. Sie zog mich hoch, öffnete die Balkontür und zog mich raus auf den Balkon. Ganz Hannover lag unter mir und eine leichte Brise streichelte unsere verschwitzten Körper. Sie beugte sich mit dem Oberkörper über die Brüstung und öffnete ihre Beine.
"Fick mich von hinten", befahl sie mir.
Es kribbelte unheimlich, die draußen Sex mit ihr zu haben. Man konnte uns, wenn man hochsah, von überall beobachten. Jasmin, deren Kopf und Brüste über die Brüstung hingen, konnte sogar von der Straße aus gesehen werden. Aber gerade diese Gefahr des Beobachtetwerdens, dieser Austritt in den Exhibitionismus war ein Kick, wie ich ihn erst selten erlebt hatte. Also zögerte ich nicht lange und drang von hinten in sie ein. Sie seufzte und ich bewegte mich immer schneller und schneller in ihr, während ich mit beiden Händen ihren kleinen süßen Arsch knetete. Diesmal hielt sie sich nicht so zurück. Sie schrie als sie kam und ich hoffte nur, dass niemand an Mord dachte. Zum Glück war Frau Mertens aus der Wohnung unter uns schon ausgezogen, sie hätte bestimmt einen Herzinfarkt bekommen. Diesmal zog ich ihn, bevor ich kam, raus, denn ich wusste nicht, ob ihr das unangenehm wäre, meinem Samen in ihrem Hintern zu haben. Da sie mich aber sehr stimuliert hatte, landete alles auf ihrem Rücken. In der Nachbarwohnung ging das Licht vom

Wohnzimmer an und lachend und verschwitzt ließen wir uns auf dem Balkon fallen. Jasmin war nicht verborgen geblieben, was auf ihrem Rücken klebte. Gemeinsam gingen wir duschen und seiften uns gegenseitig ein. Diesmal war ich derjenige, der beim Duschen niederkniete und sie mit der Zunge befriedigte. Mit dem Rücken gegen die Wand gepresst, kam sie zum dritten Mal. Gegenseitig trockneten wir uns ab und gingen nackt zurück ins Schlafzimmer. Jasmin kuschelte sich in meinen Arm.

"Anna weiß gar nicht, was sie an dir hatte. Der Sex hat mir echt gut gefallen, Don Juan. Und jetzt nicht mehr reden. Gute Nacht!"

Dann gab sie mir einen ganz sanften Kuss, schloss die Augen und schlief ein. Ich lag noch längere Zeit wach. So lange hatte ich was von Jasmin gewollt, und jetzt, da ich Oxana hatte, da trat Jasmin auf einmal in mein Leben. Es war doch echt ungerecht! Morgen musste ich ihr klarmachen, dass es eine einmalige Sache gewesen war. Ich gehörte zu Oxana, da gab es keinen Zweifel! Darüber nachgrübelt und Oxanas Gesicht vor mir, aber mit Jasmin im Arm, schlief ich ein.

Das Kitzeln der Sonnenstrahlen weckte mich. Jasmin lag noch immer in meinem mittlerweile taub gewordenen Arm. Vorsichtig löste ich mich unter ihr. Sie sah so friedlich aus, wenn sie schlief. Ich küsste sie ganz sanft auf die Wange, ohne sie zu wecken. Bis vor wenigen Wochen war die Missionarsstellung so ziemlich das Aufregendste in meinem Liebesleben gewesen. Und dann mussten erst Frauen wie Oxana oder Jasmin kommen, um mir zu zeigen, dass es da noch etwas anderes gab. In der Küche machte ich, noch immer nackt, Kaffee und ein kleines Frühstück. Dann wecke ich Jasmin auf, denn ich musste sie nur nach Hause bringen und dann mit Olegs Leuten Richtung Magdeburg und von da aus nach Frankfurt/Oder aufbrechen. Wir frühstücken in Ruhe und dann fuhr ich mit dem Lamborghini Richtung Lehrte. Als sie sie vor der Wohnung ihrer Schwester absetzte, wo sie nach dem Streit mit Serkan eingezogen war, sprang auf einmal Serkan aus einem roten Golf, der vor der Tür geparkt hatte. Er lief zu ihr und schlug ihr wortlos ins Gesicht. Ich stieg aus dem Wagen. Serkan sah mich und Mordlust flammte in seinen Augen auf.

„Hast du sie gefickt?", schrie er. „Hast du die Hure gefickt?"
Dann stieß er mich gegen den Wagen.
„Hey, beruhigt dich erstmal."
"Was beruhig dich? Junge, du hast meine Freundin gefickt, du Hurensohn."
Jasmin versuchte dazwischen zu gehen, aber Serkan schubste sie brutal weg, so dass sie stürzte.
„Hey, spinnst du?", schrie sie.
Er ließ von mir ab, ging wieder zu ihr und schlug sie erneut.
„Du Schlampe!"
„Serkan es reicht! Es ist nichts gelaufen", sagte ich beschwichtigend.
Er drehte sich zu mir um und spukte mir ins Gesicht.
„Du gottverdammter Hurensohn. Ich ficke deine Mutter."
Wieder schubste er mich gegen mein Auto. Dann schlug er ohne Vorwarnung zu. Ich merkte, wie Blut aus meiner Nase schoss, ein heller Schmerz flammte blitzartig in meinem Gesicht auf.
„Du bist meine Freundin, hast du das verstanden?" fragte er Jasmin gefährlich leise.
„Ich bin nicht mehr deine Freundin, du Psychopath. Ganz genau aus diesem Grund bin ich nicht mehr deine Freundin. Und jetzt verpiss dich."
Wieder hob er die Hand, war diesmal zögerte er. Dann ließ er sie sinken. "Du kommst jetzt nach Hause."
Oben öffnete sich ein Fenster und Jasmins Schwester schaute heraus. „Serkan verschwinde oder ich rufe die Polizei."
Das wirkte. Im Vorbeigehen machte Serkan noch einmal eine Bewegung, als wolle er mich schlagen. Als ich reflexartig zurückzuckte, lächelte er mir dreckig ins Gesicht und spukte mir vor die Füße. Dann stieg er in sein Auto.
Jasmin kam zu mir.
„Komm erstmal mit nach oben, wir müssen die Blutung stillen."
Meine Nase war ein einziger Schmerz.
Ich sah, dass Jasmin weinte. Ihre linke Wange, auf die ich sie heute Morgen noch zärtlich geküsst hatte, glühte rot von Serkans Schlag. Deutlich konnte man den Abdruck seiner einzelnen Finger erkennen.

Jasmins Schwester Lena öffnete die Tür. Wir gingen ins Wohnzimmer und setzten uns auf Sofa. Lena holte einen feuchten Lappen und ich hielt ihn mir vorsichtig an die Nase. Es tat höllisch weh. Ich würde ins Krankenhaus müssen, die Nase war bestimmt gebrochen. Jasmin saß nur da und weinte. Die ganze Sache war ihr furchtbar unangenehm und ich konnte mir vorstellen, dass ihr Gesicht noch höllisch brannte nach den Ohrfeigen, die sie bekommen hatte. Beim Sturz hatte sie sich außerdem die Hände aufgeschrammt und so bluteten diese jetzt aus vielen kleinen Kratzern. Serkan hatte mit seinem Auftritt wirklich ganze Arbeit geleistet.

„Tom, es tut mir so leid, was passiert ist."

„Da kannst du nichts zu. Sieh bloß zu, dass zu diesen Psycho schnellstmöglich los wirst. Der ist so wahnsinnig, der bringt dich irgendwann um."

„Er liebt mich, der bringt mich nicht um."

Alleine für diesen Satz war ich nun soweit, dass ich sie hätte schlagen können.

„Er liebt dich? Wach mal auf! Du bist für ihn Eigentum. Wenn er dich lieben würde, dann hätte er dich nicht geschlagen. Zweimal geschlagen!"

Ich konnte bei Jasmin das beobachten, was ich schon oft bei Frauen gesehen hatte, die mit Südländern zusammen waren. Sie gaben sich selbst die Schuld an allem und nach einer kurzen Zeit fanden sie auch Schläge ganz normal, als Strafe für Dinge, für die sie sich selbst die Schuld gaben. Jasmin begann jetzt hemmungslos zu weinen und ich setzte mich neben sie und nahm sie in den Arm. Sie kuschelte sich in meine Armbeuge und konnte sich gar nicht mehr einkriegen. Wir waren schon ein tolles Pärchen: ich mit blutverschmierten Gesicht und blutigem T-Shirt und sie hemmungslos am flennen.

Nachdem sie sich einigermaßen beruhigt hatte, fuhr ich zum Lehrter Krankenhaus in die Notaufnahme, um meine Nase behandeln zu lassen. Wie erwartet, diagnostizierte der Arzt einen Nasenbeinbruch, allerdings war die Nase nur angebrochen, so dass ich glücklicherweise keinen Gipsverband brauchte. Auch meine Augen schwollen durch die Wucht des Schlages langsam an und wurden bläulich. Für Serkan würde ich mir noch etwas einfallen lassen. Das hatte er nicht umsonst gemacht.

Mit von Ritzenholtz war ich mittags im Spago an der Calenberger Esplanade zum Essen verabredet. Ich zog mich schnell um, wusch mir das Gesicht und war dann pünktlich da. Er wollte mir heute erzählen, was man mit der Gesellschaft sonst noch so alles anstellen könnte, außer dem reinen Autoleasing. Wie bestellt uns beide die XXL-Currywurst, ein Monster von fast fünfundsiebzig Zentimeter Länge und dann plauderte er aus dem Nähkästchen: er erklärte mir, wie ich ein Tankkarten kommen würde, mit denen man bargeldlos und auf Kredit tanken konnte, wie ich Möbel, Büroeinrichtung, Laptops und andere Waren bestellen konnte. Er kehrte mich darüber auf, wie ich containerweise Waren aus dem Ausland ordern konnte, wie ich das Finanzamt um dargestellte, aber nicht abgeführte Mehrwertsteuer betrügen konnte, so dass ich diese direkt durch die Einreichung von Rechnungen zurückbekommen könnte, ohne sie jemals gezahlt zu haben. Er zeigte mir die Möglichkeit auf, hundert oder mehr Handys samt Verträgen zu ordern, oder auch nur einen einzigen Cent dafür zahlen zu müssen.

"Sechs Wochen freies Telefonieren bis der Arzt kommt, ist immer drin", zwinkerte er.

Nicht im Traum hätte ich an diese Möglichkeiten auch nur im Entferntesten gedacht. Da aber viele Firmen lieber Firmenkunden als Privatkunden wollten, wo viel strenger geprüft wurde, merkte ich schnell, dass viele Anbieter es mehr oder weniger darauf anlegten, betrogen zu werden. Es wurde einem auch zu einfach gemacht, da musste man einfach zugreifen. Überhaupt war das ganze System der GmbHs und der Unterlagen, die man einreichen musste, so löchrig, unsicher und wenig durchdacht, dass es bei genauerem Hinsehen einen Betrug ganz einfach heraufbeschwor, ohne dass man sich groß dagegen sträuben konnte. Im mir kribbelte es. Ich wollte sofort loslegen. Mein Kontakt zu von Ritzenholtz und seinem Fachwissen war grandios. Wieder hatte der Autokauf sich mehr als bezahlt gemacht. In diesem Zusammenhang übergab er mir auch gleich die neuen Nummernschilder und Fahrzeugpapiere für den Porsche, der noch abgemeldet in der Parkgarage vom Bredero-Hochhaus stand. Nun konnte ich wieder ein wenig unauffälliger durch Hannover fahren und konnte dem Lamborghini erst einmal ein wenig Ruhe gönnen.

Zurück in Juris Wohnung startete ich gleich meinen Apple. Als erstes musste ich Adressen besorgen, wo die bestellten Waren hin geliefert werden konnten. Zwar hatten alle GmbHs, die ich übernommen hatte, die regulären, alten Postadressen, die Firmensitze wurden jedoch nicht mehr genutzt und es gab wahrscheinlich nicht einmal Briefkästen vor Ort. Bei den Autos war mir das egal, denn dort würden sowieso nur Mahnungen und Kündigungen der Verträge eingehen. Aber bei Lieferungen war das natürlich etwas anderes. Ich entdeckte einen Anbieter in Hannover, der unter einer Straßenadresse private Postfächer zur Verfügung stellte. Das wäre perfekt, dann wäre sogar immer jemand vor Ort. Der alte Trick mit dem Versand an Packstationen würde nicht funktionieren, da einige Anbieter die Waren mit größeren, postunabhängigen Kurierdiensten wie zum Beispiel UPS oder GLS versandten. Sofort setzte ich mich mit dieser Firma in Verbindung. Eine herzliche Frauenstimme meldete sich und ich fragte nach Konditionen und Ablauf. Es war eigentlich ganz einfach. Sänger als Geschäftsführer musste dorthin fahren und nur seinen Ausweis einmal vorzeigen. Dann konnten wir drei Postfächer öffnen, die jede Firma eins. Pakete konnten wir während der Öffnungszeiten abholen, Briefe sogar rund um die Uhr mit einem eigenen Schlüssel. Der Laden war für unsere Zwecke ideal. Und der ganze Service kostete nicht einmal fünfzig Euro im Monat. Über einen weiteren Anbieter schaltete ich für jede der Firmen eine 0180-Telefonnummer frei. Diese Nummern konnte man per Servicemenü im Internet auf jede Telefonnummer routen. Ich entschied mich dafür, einen Anrufbeantworter, den ich von einer Computerstimme besprechen ließ, dort hinterzuschalten. Sollte jemand Rückfragen haben, können konnte er bequem eine Nachricht hinterlassen, die ich dann per E-Mail erhalten würde. Telefonische Mahnanrufe würden so ins Leere laufen. Dann begann ich damit, für die drei Gesellschaften, die der mittlerweile hatten, Briefpapier zu entwerfen. Die Firmenlogos googelte ich mir zusammen und als Adresse der Niederlassung Hannover gab ich die neue Straßenadresse des Postfachs sowie die frisch freigeschalteten 0180-Nummern an. Innerhalb von nicht einmal zwanzig Minuten hatte ich für unsere drei Gesellschaften eine neue Niederlassung gegründet, mit allem, was dazugehörte.

Ich rief Sänger an. Der klang seltsam und komisch am Telefon. Mittlerweile hatte ich ihm so gut kennen gelernt, dass ich musste, was dieses Verhalten zu bedeuten hatte. Die zweitausend Euro, die ich ihm erst tags zuvor gegeben hatte, waren weg. Wahrscheinlich im Puff, beim Zocken oder in seiner Nase gelandet. Als ich ihm für die Eröffnung der Postfächer weitere tausend Euro in Aussicht stellte, wurde er sofort zugänglicher und wir verabredeten uns für den Nachmittag.

Gemeinsam eröffneten wir die Postadressen, Sänger bekam seine tausend Euro und das Bestellen konnte losgehen. Nachdem ich Sänger glücklich bei ihm zu Hause abgesetzt hatte, fuhr ich nach Magdeburg, um mich dort mit den Fahrern von Oleg zu treffen.

Alle Autos standen vollgetankt auf dem Hof von Noack. Die Fahrer, mit drei Neunsitzerbussen gekommen, waren auch bereits vor Ort. Mit Oleg hatte ich besprochen, dass sie alle eine Summe von jeweils zweihundert Euro für die Überführung bekommen sollten. Ich verteilte die Schlüssel, die Noack mir tags zuvor bereits ausgehändigt hatte und in einer langen Kolonne fuhren wir los, Richtung Berlin, mit mir voneweg.

Diesmal hatte ich mich nicht in der LaLunaBar mit Vitali und Juri verabredet, sondern wir wollten uns dieses Mal auf einem Parkplatz vom Venus-Markt in Berlin-Gropiusstadt treffen, da für die zweiundzwanzig Wagen plus die drei Busse plus mein Auto um diese Zeit am Kudamm niemals Parkmöglichkeiten vorhanden gewesen wären. Und wir konnten es auch nicht riskieren, ein Ticket zu bekommen, denn dann könnte man die Spur der Fahrzeuge bis direkt zur LaLunaBar nachvollziehen. In diesem Punkt mussten wir also, auch was Blitzfotos anging, außerordentlich vorsichtig sein.

Ausnahmsweise waren Vitali und Juri sogar schon da, als wir gute zwei Stunden später in Berlin eintrafen. Die Fahrer parkten die Autos, bekamen von mir ihr Geld und machten sich in den drei Bussen wieder auf die Heimfahrt nach Hannover.

Juri umarmte mich zur Begrüßung und auch Vitali freute sich, mich zu sehen.

„Was ist denn mit deiner Nase passiert?"

Ich erzählte Ihnen die ganze Story.

„Ich hab doch gesagt, dass du die Finger von der Frau lasen solltest. Die bringt dir nur Ärger, wie man sieht."

Schnell wickelten wir das Geschäft in Vitalis Hummer, der ja mächtig viel Platz bot, ab. Diesmal bekamen wir einen ganzen Koffer voller Geld. Und ich meine damit keinen Aktenkoffer. Vitali gab uns ausnahmsweise bündelweise Zehner, Zwanziger und Fünfziger. Vorher hatte er immer mit Fünfhundertern bezahlt, aber er schien ein weiteres Geschäfts-feld zu haben, von dem ich nur vermuten konnte, um was es sich handelte. Kleine Scheine bekommt man in der Regel nur von Zuhältern oder Drogendealern. Aber egal, Geld ist Geld.

Im Gegenzug übergab ich Vitali eine Tüte voller Fahrzeugschlüssel und einen Haufen Fahrzeugscheine. Anhand der Daten dieser Fahrzeugscheine würden Vitali oder seine Partner wahrscheinlich die Fahrzeugbriefe fälschen, aber das ging mich nichts an. Eigentlich hatte ich vor, gleich wieder nach Hannover zu fahren, aber ich war mittlerweile doch recht müde. Ich nahm den Geldkoffer und das Geld, das Juri für den Verkauf der gestohlenen und von Thomas gelieferten Autos der letzten Tage bekommen hatte und entschied sich dafür, nun doch über Nacht in Berlin zu bleiben. In den letzten Tagen hatte ich vieles erledigt und ich hatte auch Kopfschmerzen. Daran war Serkan natürlich nicht ganz unschuldig. Vitali und Juri, die mich zuerst dazu drängen wollten, noch mit ihnen auf Tour zu gehen, waren zwar enttäuscht, dass ich nichts mehr mit ihnen unternehmen wollte, beschlossen dann aber, noch eine Runde in einen Puff zu gehen. Ich wollte nur noch schlafen. Somit machte ich mich allein zum Alexanderplatz zum Park-Hotel auf. Schon beim letzten Mal war ich vom Portier seltsam angeschaut worden, weil ich kein Gepäck hatte. Auch heute behandelte man mich wieder von oben herab, was wohl auch an meinem Outfit lag. Nicht jeder konnte meiner leicht zerrissenen Jeans ansehen, dass sie sechshundertneunundneunzig Euro gekostet hatte. Das Park-Hotel lag aber sehr zentral und ich mochte die Aussicht aus den oberen Etagen. Also zahlte ich ohne Diskussion den Zimmerpreis von einhundertdreißig Euro im Voraus. Als der Portier auch noch fünfzig Euro Kaution für die Minibar forderte, war ich zuerst sauer, aber zum Diskutieren einfach zu müde. Ich zog also ein dickes Bündel Fünfziger aus der Hosentasche, zog einen davon ab, wie legte ihn auf den Tisch, griff meinen Schlüssel und ging grußlos zum Fahrstuhl. Zum Glück gab es ja die kleinen Meinungskärtchen, auf denen man notieren konnte, wie einem der Aufenthalt gefallen hat. Aber da würde ich mir erst am nächsten Tag in Gedanken drüber machen. Heute wollte ich nur noch schlafen. Und das tat ich dann auch sofort.

Das Geld aus dem Koffer und das Geld von den letzten Tagen war so viel, dass ich es nicht ins Schließfach würde bekommen können. Also machte ich einen Gang durch die Berliner Bankenszene. Am Alex in der Sparkasse fing ich an. Ich konnte ja nicht zu viel wechseln, immer maximal zehntausend Euro, teils auch weniger, um keinen Verdacht zu erregen. Nach guten drei Stunden hatte ich ein sehr viel kompakteres Häufchen an Geld in grün, gelb und violett. Das würde so ins Schließfach passen.

Ich war gerade auf der Rückfahrt in Höhe Alleringersleben, als mein Handy klingelte. Noack hatte weitere zwanzig Fahrzeuge zur Abholung bereit. Mittlerweile weitete sich das Autoschiebergeschäft zu einem Fulltimejob aus. Ich nahm die nächste Abfahrt und fuhr wieder Richtung Magdeburg um die Schlüssel und Papiere von dort abzuholen. Mit einer kleinen Tüte voller Schlüssel und Ersatzschlüssel machte ich mich wieder auf den Ritt nach Hannover ich musste auch noch bei Robert vorbei, die Miete für gestern und heute bezahlen und das Geld von den Mädels kassieren. Thomas hatte auch schon genervt, weil er weitere acht Wagen in der Halle am Bartweg stehen hatte und der Platz langsam knapp wurde. Außerdem musste ich noch mit Jasmin sprechen. Sie hatte abends noch anrufen, aber da hatte ich das Telefon schon leise gestellt und geschlafen. Und die SMS, die Sie mir geschickt hatte, die zeigte mir, dass Sie unsere Nacht wohl doch als mehr als einen One-Night-Stand ansah. Scheiße! Meine Kopfschmerzen kehrten

zurück. Oleg war auch nicht erreichbar und während der Fahrt musste ich in die Nummer von dem einen Fahrer, der gestern den Trupp angeführt hatte, raussuchen. Zum Glück fand ich sie dann doch noch und rief an. Mit einem Deutsch für ganz Dumme versuchte ich ihm klarzumachen, was ich von ihm wollte, da er fast nur polnisch sprach.

„Alo?"

„Hallo Sergej. Hier ist Tom. Du weißt, von Fahrt gestern."

„Oh Tom. Was gibt?"

„Ich brauchen heute dich und deine Kollega für fahren nach Berlin. Gut?"

„Oh, ich weiß nix, ob Kollegas heute Zeit."

„Sergej, bitte probieren und dann fahren heute, wie gestern."

„Gutt, du rufen an halbe Stunde. Dann sagen ob fahren. Gutt?"

„Gut, ich rufen an halbe Stunde."

Gott, ich würde doch noch polnisch lernen müssen. Naja, wenigstens schien er verstanden zu haben, was ich von ihm wollte. Dann rief ich Thomas an, der mir auch eine Nachricht hinterlassen hatte, dass er nach der vergangenen Nacht nun wirklich Platzprobleme hatte.

„Hallo Thomas, ich habe deine Nachricht bekommen. Ich gucke gerade, was mit den Fahrern ist, und dann sehe ich zu, dass die Dinger heute noch abgeholt werden, ok?"

„Das wäre gut. Ich konnte gestern nur drei holen und dann war's das, weil ich keinen Platz mehr hatte. Kümmer dich bitte."

„So in einer halben Stunde weiß ich mehr."

„Ja, aber sie bitte zu, sonst kommen wir nicht weiter."

Ich legte auf. Hinter mir fuhr ein Audi dicht auf und der Beifahrer setzte ein Blaulicht auf das Dach. Ich ging auf die mittlere Spur der Audi zog an mir vorbei und der Beifahrer hielt eine Kelle aus dem Fenster. Scheiße, ich hatte einen Riesenbatzen Geld und die ganzen Schlüssel von Noack dabei. Hoffentlich würden sie den Wagen nicht durchsuchen.

Am nächsten Parkplatz fuhren wir raus. Ich blieb erstmal im Auto sitzen, öffnete aber das Fahrerfenster und schaltete den Motor aus.

„Guten Tag. Hoffmann. Autobahnpolizei."

Er hielt mir seine Marke hin, während sein Kollege die Beifahrerseite sicherte.

„Können Sie sich vorstellen, warum wir Sie angehalten haben?"

Komisch, jeder Polizist auf der Welt, der einen anhielt, schien denselben, unheimlich witzigen Spruch auf Lager zu haben.

„Sie werden es mir wahrscheinlich gleich verraten."

„Erstmal haben Sie während der Fahrt telefoniert. Dann sind Sie mehr als drei Kilometer durchgehend auf der linken Spur gefahren und dazu haben wir Sie in der Baustelle, wo 80 erlaubt ist, mit 122 Stundenkilometern gemessen. Können Sie mir bitte Ihren Führerschein und die Zulassung geben."

Ich gab ihm die geforderten Papiere und war sauer. Ich hatte vorhin das Autotelefon nicht umgestellt und deswegen mit dem Handy telefoniert. Und die Baustelle hatte ich gar nicht richtig wahrgenommen.

Hoffmann checkt die Unterlagen über Funk ab während sein Kollege nach wie vor auf der Beifahrerseite von meinem Wagen stand und mich im Auge behielt. Nach einiger Zeit kam Hoffmann wieder und gab mir erst einmal die Zulassung und den Führerschein zurück.

„Es geht Ihnen frei, sich zu den Vorwürfen zu äußern. Das müssen Sie nicht tun, aber sie haben jetzt den Anspruch auf rechtliches Gehör."

„Wenn Sie das so sagen, dann wird das stimmen. Sie haben ja bestimmt auch ein Video gemacht, was soll ich da also abstreiten?"

„Gut, dann verwarne ich sie jetzt für das Telefonieren mit Handy am Steuer mit vierzig Euro, für das Nichteinhalten des Rechtsfahrgebots mit zwanzig Euro und für die Tempoüberschreitung von 38 Stundenkilometern abzüglich Toleranz mit einhundertzwanzig Euro. Da der Wagen in der Schweiz zugelassen ist, müssten Sie die Strafe allerdings gleich bezahlen."

Ich diskutierte auch hier nicht lange und gab ihm vier Fünfziger, die ich zum Glück lose in der Hosentasche hatte, so dass ich nicht das ganze Bündel Scheine herausziehen musste. Mit dem Wechselgeld und einer Quittung kam Hoffmann zurück ans Auto.

„Dann frage ich Sie, ob Sie Alkohol getrunken haben oder Betäubungsmittel eingenommen haben."

„Nein, habe ich nicht."

„Wären Sie mit einem Test einverstanden?" Hoffmann sprach wirklich wie aus dem Lehrbuch für Polizeischüler.

Um endlich weiterzukommen, willigte ich ein. Das Pusten brachte wie erwartet ein Resultat von 0,0 Promille. Das Problem war, dass der Drogentest ein positives Ergebnis auf Opium anzeigte. Das konnte ich mir nun gar nicht erklären, und ich merkte, dass Hoffmann und sein Kollege auf einmal sehr wachsam waren. Wenn die jetzt den Wagen untersuchen würden und in einer Plastiktüte fast zweihunderttausend Euro fänden, dann hätte ich ein Erklärungsproblem und würde mich wahrscheinlich bis zur Klärung in einer Arrestzelle aufhalten können.

„Haben Sie mohnartige Nahrung zu sich genommen?"

Das war's! „Ja, ich habe mir vorhin an einer Raststätte in Lehnin zwei Mohnbrötchen gekauft. Ich habe sogar von dem einen hier noch die Hälfte."

Hoffmanns Kollege trat zum Wagen und fischte aus dem Fußraum der Beifahrerseite eine Tüte mit einem angeknabberten Brötchen. Es war wirklich ein Mohnbrötchen.

„Gut, das interpretieren unsere Geräte nämlich manchmal falsch. Wenn sie bitte noch einmal nach oben schauen könnten." Hoffmann leuchtete mir mit seiner Taschenlampe in die Augen. Anscheinend war alles zu seiner Zufriedenheit, wenn er wünschte mir noch eine gute Fahrt und er und sein Kollege gingen wieder zu ihrem Audi. Da hatte ich ja noch einmal Glück gehabt! Nach dem Schock atmete ich erst einmal tief durch.

Nun musste ich mich aber wirklich beeilen. Ich rief noch einmal bei Sergej an, diesmal aber über das Autotelefon. Und ich hatte Glück. Er und seine Leute konnten heute insgesamt sechzehn Wagen überführen. Ich wollte zuerst die elf Gestohlenen aus dem Bartweg weg haben, weil die potentiell gefährlich waren. Ich lief also Thomas an und er sagte, dass alles, also auch die falschen Schilder, bereits montiert wäre. Dann war das also schon einmal geregelt. Zuerst fuhr ich zur Plural-Bank, um das Geld zu bunkern. Dann ging es weiter zum Steintor. Es war noch sehr früh, aber Robert war schon da. Ich weiß, dass er sehr viel Wert auf eine absolut pünktliche Bezahlung legte und das war gestern nicht passiert. Dementsprechend wurde ich auch empfangen.

„Tom, mein Freund, was ist passiert? Warst du krank? Oder hattest du eine schöne Frau im Bett und keine Zeit für den alten Robert?"

Er lachte und seine Bagage, die er immer um sich scharte, lachte pflichtschuldig mit. Wahrscheinlich spielte er damit auf meine gebrochene Nase an.

„Beides. Tut mir leid. Viel Stress. Ich muss auch gleich wieder weiter, ich wollte nur schnell umkommen, das von gestern und auch das von heute gleich mit klären." Auf lange Erklärungen und Teerunden hatte ich heute einfach keinen Nerv, aber da war Robert anderer Meinung.

„Setz dich. Erst Tee trinken." Na toll!

Notgedrungen trank ich also zwei Gläser Tee mit ihm, gab ihm zwei Mieten und verschwand dann wieder vom Steintor. Ivona und Olga hatte ich gestern und vorgestern schon nicht abkassiert und die anderen Frauen waren morgen auch zwei Tage überfällig. Wenn man den Nutten zu viel Freiraum gab, konnte es kann schnell passieren, dass sie anfingen, einem auf der Nase rumzutanzen. Es war echt ein stressiges Spielchen, das wir hier spielten

Vom Steintor aus fuhr ich direkt nach Lehrte zu Lenas Wohnung, um mit Jasmin zu sprechen. Bevor ich ausstieg, sah ich mich um, aber ein roter Golf mit Serkan darin war nirgends zu entdecken. Ich klingelte und ging dann, als der Summer ertönte, hoch zu ihr. Lena war an der Tür. Sie lächelte mich auf die Art an, die mir sagte, dass Jasmin ihr alles über unsere gemeinsame Nacht erzählt hatte. Lena war eigentlich das genaue Gegenteil von Jasmin. Jasmin war ein flippiger Typ, sexy, sehr auf ihr Äußeres bedacht, wohingegen ihre Schwester eher eine graue Maus war.

„Hallo Tom. Komm rein. Jasmin ist im Wohnzimmer."

Im Wohnzimmer wurde ich gleich mit einem innigen Kuss begrüßt, während Jasmin ihre Arme um mich schlang.

„Du Armer. Du siehst ja schlimm aus." Sie hatte mich mit meinem Nasenverband noch nicht gesehen.

„Ach, das geht schon. Jasmin, ich nicht lange Zeit, ich muss heute noch nach Berlin."

„Berlin?", unterbrach sie mich. „Nimmst du mich mit? Oh bitte, bitte!" Dabei setzte sie einen Blick auf, dem man einfach nichts abschlagen konnte. Eigentlich wollte ich ihr erklären, dass das mit uns eine einmalige Sache gewesen war, aber nun konnte ich das doch nicht so richtig. Ich wollte das dann während der Fahrt mit ihr klären, redete ich mir selbst ein.

„Ok, beim Pack ein paar Sachen ein, wir bleiben über Nacht."

Sie klatschte in die Hände und lief ins Schlafzimmer, und zu packen. Lena schaute ein wenig traurig aus. Ich wusste von Anna, dass Lena seit langem Single war und so etwas musste ihr wehtun. Aber Jasmin würde ich nachher noch mehr wehtun müssen, wenn sie schien wirklich an eine Beziehung zwischen uns zu glauben.

Wie Frauen so sind, benötigte Jasmin mehr als eine halbe Stunde, um die Sachen für eine einzige Übernachtung zu packen. Dann konnten wir los. Beim Verlassen des Hauses schaute ich die Westerstraße hoch und runter, aber es war immer noch kein roter Golf zu sehen. Ich öffnete den Porsche und wieder guckte ich in ein sprachloses Gesicht.

„Ist das auch deiner?" Sie zeigte auf den Porsche.

„Ja", erwiderte ich stolz. „Ich hab doch gesagt, in der letzten Zeit hat sich viel bei mir geändert."

Sie packte ihre Tasche, deren Inhalt für einige Wochen und nicht nur für einen Tag auszureichen schien, in den Kofferraum vorn, nachdem sie erst nach hinten zum Motor gelaufen war. Dann fuhren wir los zum Bartweg. Die ersten Fahrer waren schon da. Sergej kam auf mich zu, als Jasmin und ich ausstiegen. Sein bärtiges Gesicht, das mich immer ein wenig an einen Waldschrat erinnerte, strahlte.

„Alle da, gutt?"

„Super. Ich bin stolz auf dich. Guter Mann!"

Ich schloss die Halle auf und verteilte die Schlüssel der neu eingebauten Schlösser für die Autos. Thomas hatte gute Arbeit geleistet. Alle Wagen waren mit Kennzeichen-Doubletten

105

ausgestattet. Seit er direkt mit Werner kommunizierte, konnte ich mir einige Wege sparen. Die beiden waren mittlerweile ein absolut eingespieltes Team.

In Jasmins Augen sah ich nur Fragezeichen.

„Das erklär ich dir alles später, ok?"

Wir fuhren wieder als Kolonne gen Osten. In Magdeburg stießen wir auf die anderen acht Fahrer, Sergej hatte glücklicherweise noch drei weitere Fahrer zu bekommen. Mit insgesamt neunzehn Fahrzeugen ging es Richtung Berlin, wieder zum Venus-Markt-Parkplatz Gropiusstadt.

Sänger rief an, als ich gerade in Brandenburg einfuhr.

„Tom, haben Sie vielleicht noch ein bisschen Geld für mich? Einen Vorschuss vielleicht? Ich bin da in einige Schwierigkeiten gekommen und müsste heute jemanden auszahlen."

„Das tut mir sehr leid, Herr Sänger, aber ich bin heute gar nicht in Hannover, sondern in bin in Berlin, ein bisschen Geld für uns beide verdienen."

„Das ist aber sehr schlecht. Ich würde nicht anrufen, wenn es nicht wirklich pressieren würde."

„Gut, ich werde sehen, was ich machen kann. Ich melde mich gleich noch einmal bei Ihnen."

So wie sich das anhörte, hatte er sich wieder Probleme eingefangen. Robert konnte ich nicht anrufen, der verlieh grundsätzlich kein Geld. Nun wollte ich aber auch Sänger nicht hängen lassen, immerhin hatte er uns viel Geld eingebracht. Also rief ich Ivona an. Mit ihr klärte ich ab, dass Sänger heute Abend noch auf der Herschelstraße bei ihr erscheinen würde und sie ihm fünfhundert Euro geben solle. Sie war einverstanden und so teilte ich Sänger das auch mit.

„Das ist aber eine einmalige Sache, Herr Sänger!"

„Ja, ich weiß. Vielen Dank", sagte er kleinlaut und reumütig.

Wieder blitzten die Fragezeichen in Jasmins Augen auf, was ich aber ignorierte. Am liebsten hätte ich sie schon vor dem Deal am Alex abgesetzt, aber das hätte bedeutet, durch die ganze Stadt fahren zu müssen, und das mit neunzehn geklauten und unterschlagenen Autos im Schlepptau. Ich ärgerte mich jetzt, dass ich sie überhaupt mitgenommen hatte, was ich aber nicht

sagte. Dieses Verhalten war von mir selbst unprofessionell. Privat ist privat und Geschäft ist Geschäft.

Juri und Vitali waren wieder pünktlich. Ich bat Jasmin, im Auto zu warten, gab den Fahrern ihr Geld, wobei ich Sergej einen Hunderter extra gab und ihm nur zuzwinkerte. Er hatte mir wirklich geholfen und ohne ihn wäre ich heute aufgeschmissen gewesen. Von Vitali gab es wieder viele kleine Scheine, diesmal in einer Tüte. Der Koffer war ihm selbst wohl zu gangsterhaft vorgekommen. Als der mit dem Deal durch waren, nahm Juri mich zur Seite. Das Lachen war aus seinen Augen verschwunden, er guckte sehr ernst.
„Fickst du die Kleine da im Auto?"
„Nur einmal. Du weißt, dass Oxana meine Frau ist."
„Ich finde es nicht gut, aber du musst wissen was du tust. Und ich hoffe, du weißt, was du tust!"
Er drehte sich um und ging. Ich musste wirklich Klartext mit Jasmin reden. Ich hatte keine Lust, dass sich eine Frau zwischen mich und meinen Partner, der schon fast so etwas wie mein Bruder war, stellte.
„Du kennst ja echt schräge Vögel", meint die Jasmin, als ich wieder im Auto saß. Weiter kommentierte sie das nicht und ich ging auch nicht näher auf die Bemerkung ein.

Wenigstens Jasmin hatte Gepäck und das Volumen ihrer Tasche hätte für die Bekleidung einer ganzen Fußballmannschaft ausgereicht. Daher gab es diesmal im Park-Hotel auch keine seltsamen Blicke und ich musste nicht einmal mein Zimmer im obersten Stock vorab bezahlen. Jasmin war noch nie in einem solchen Hotel gewesen und die großen Fenster im vierunddreißigsten Stockwerk fesselten ihre Aufmerksamkeit. Ich konnte mir schon denken, was sie dachte.
„Hör mal Jasmin, das mit dir und mir, also ich glaube, wir müssen mal darüber reden."
„Über was müssen wir reden? Du betrügst deine Freundin mit mir. Es ist nur Sex. Und ich finde, verdammt guter noch dazu."
Ich wusste, dass sie mehr für mich empfand, als sie zugab, aber ihre Worte beruhigten mich. Ich redete mir ein, dass das

stimmte, aber eine kleine Stimme in meinem Inneren sagte mir, dass ich Jasmin auf eine bestimmte Art und Weise sehr begehrte. „Und ich weiß", fuhr sie fort, während sie ihre Bluse aufknöpfte, „dass du mich auch gern fickst."

Da hatte sie allerdings recht!

Schnell lagen unsere Kleider wieder auf dem Boden verteilt und Jasmin stand nackt am Fenster, ihre Brüste gegen das Glas gedrückt, während ich sie von hinten nahm. Wir hatten das Licht angelassen und waren so vom ganzen Alexanderplatz aus zu sehen. Jasmins exhibitionistische Ader faszinierte mich. Es war schon immer mein Traum, einmal Sex in einem Fahrstuhl zu haben. Und ich glaube, das würde heute Nacht noch passieren.

Da wir diesmal nicht auf Juris Nachbarn acht geben mussten, war Jasmin sehr laut beim Sex. Sie ließ sich gehen, stöhnte laut und als ich kam, zog ich ihn wieder raus. Das Zimmermädchen würde morgen die Fenster putzen müssen, nicht nur wegen der Abdrücke von Jasmins Brüsten am Glas.

„Gibts hier auch eine Sauna?" fragte sie.

Die gab es. Ich war schon einmal da gewesen und so fuhren wir in den Keller, komplett bekleidet. Die Sauna ist eine gemischte Sauna. Wir zogen uns aus und setzten uns nackt hinein, denn wir waren alleine. Einige Minuten später hörten wir, dass ein weiterer Gast in den Raum trat, und wir benutzten unsere Handtücher, um uns zu bedecken. Ich nur meinen Schoß, Jasmin auch ihre Brüste. Der neue Saunist war ein älterer Mann, um die sechzig, mit einem Bierbauch. Er setzte sich Jasmin gegenüber und starrte ihr ungeniert auf den verhüllten Busen. Jasmin stand auf, stellte sich vor ihn, öffnete ihr Handtuch, so dass der Mann freie Sicht auf alles hatte und sprach ihn direkt an:

„Ist das alles, was Sie sehen wollten?"

Dann setzte sie sich, wieder mit dem Handtuch um ihren Körper, als wäre nichts geschehen. Obwohl in der Sauna sehr warm war, sah ich, dass der Mann einen roten Kopf bekam, so peinlich war ihm die ganze Angelegenheit und dass Jasmin ihn beim Spannen ertappt hatte. Er stand auf, entschuldigte sich und ging. Mir fehlten die Worte. Sie war wirklich ein Luder. Und ich war wegen dieser Aktion schon wieder unglaublich erregt. Sie

lächelte nonchalant. „Was denn? Das ist doch das, was er wollte."

Damit war der Fall für sie erledigt. Für mich war er das jedoch noch lange nicht. Ich wollte sie noch einmal. Jetzt und sofort. Aber nicht in der Sauna, dort war es wirklich zu heiß. Vom Keller aus fuhren wir, in Bademäntel gehüllt und unsere Sachen auf dem Arm, hoch in den vierunddreißigsten Stock. Doch kaum waren wir über das Erdgeschoss hinaus, wo die meisten Leute normalerweise einsteigen, öffnete ich erst ihren Bademantel, dann meinen, warf unsere Sachen auf den Boden und drang in sie ein. Im vierunddreißigsten Stock angekommen, war ich bereits fertig, so sehr hatte mich das alles erregt. Jasmin war wirklich eine Nymphomanin, das war unglaublich.

„So, und jetzt erzähl mal, was das heute für Leute waren und was das mit den Autos ist."
„Was soll ich sagen? Das heute waren Geschäftspartner von mir und ich glaube, mehr willst du auch gar nicht wissen."
„Hm, ich verstehe. Aber die Tüte, die du heute von dem einen da bekommen hast, ich denke mal, dass da mehr als Schmutzwäsche drin war, oder?"
Ich lächelte sie nur viel sagend an und meinte „vielleicht". Das reichte ihr als Antwort.
Wir legten uns aufs Bett und guckten uns noch einen Film an. Danach hatten wir noch einmal Sex und dann schliefen wir nackt aneinander gekuschelt ein. Ein weiteres Mal hätte ich auch nicht mehr gekonnt.

Gegen drei Uhr nachts weckte mich das Läuten meines Handys. Thomas war ganz aufgeregt. Man hatte einen seiner Helfer, Ingo, auf der B65 auf der Fahrt zu Halle mit einem wenige Minuten vorher gestohlenen 7er angehalten und festgenommen. Natürlich könnte ich jetzt, um diese Zeit nichts machen, außer zu hoffen, dass Ingo schweigen würde. Ich würde gleich morgens um acht einen Anwalt zu ihm schicken. Solange mussten wir warten. Aber an Schlaf war in dieser Nacht nicht mehr zu denken.

Gleich am nächsten Morgen rief ich Juri und Oleg an. Deren Handys waren noch abgeschaltet, sie schienen noch zu schlafen. Thomas war erreichbar und empfahl mir einen Strafverteidiger aus Hannover namens Jung. Mit ihm setzte ich mich sofort in Verbindung und erklärt ihm die Sachlage. Er war bereit, den Fall zu übernehmen, sobald er einen Vorschuss von eintausend Euro bekommen habe. Natürlich wollte ich die Sache schnellstmöglich erledigt haben, aber bis Hannover brauchte ich bestimmt gute drei Stunden. Es schlug mir daraufhin vor, das Geld bar auf sein Konto bei der Bank einzuzahlen und eine Bankbestätigung an seine Kanzlei zu faxen. Er würde sich dann sofort an den Fall setzen und Ingo in der JVA Schulenburger Landstraße, wo man ihn hingebracht hatte, aufsuchen. Ich schrieb mir seine Kontonummer auf und sagte ihm eine sofortige Zahlung zu. Ich zog mich schnell an und flitzte zur Sparkasse, tätig die die Einzahlung und ließ wie abgesprochen den Beleg faxen. Damit war dieses Thema wenigstens erledigt.

Mit Jasmin ging ich im Hotel frühstücken, im Anschluss checken wir aus. Gemeinsam gingen übern Kudamm und ich kaufte viel ein. Jasmin erhielt auch einiges freute sich wirklich darüber. Wir ließen fast zehntausend Euro in den Nobelboutiquen. Gegen eins meldete sich Juri endlich auf meine SMS. Ich erzählte ihm, was nachts passiert war und er meinte, dass er Rechtsanwalt Dr. Jung sehr gut kenne. Er sei nicht grade billig, aber sehr fähig. Wenigstens etwas. Juri blieb dabei recht ruhig, er meinte, außer zu warten könne man dort eh nichts machen. Ich sagte ihm auch, dass ich heute versuchen würde, die restlichen Wagen aus Magdeburg zu holen.
"Kein Ding. Allerdings müssen die nach Frankfurt/Oder gebracht werden. Ich habe nachher noch zwei Termine mit Vitali und dann fahren wir da auch hin."

Ich rief bei Sergej an. Wieder konnte er mir behilflich sein und versprach, mit genügend Leuten nach Magdeburg zu kommen. Thomas hatte nur einen Wagen, den er verständlicherweise schnellstmöglich weg haben wollte, falls Ingo bei der Polizei doch noch plaudern sollte. Also rief ich wieder bei Sergej an, der versprach, sich umgehend darum zu kümmern. Dieser Junge war echt Gold wert.

Was mir wenig gefiel, war, dass ich immer noch so viel Bargeld dabei hatte. Die ganze Tüte war noch voll. Am Bahnhof Zoo nahm ich ein Schließfach und deponierte das ganze Geld darin.
„Plan für heute: ich muss nochmal nach Magdeburg und dann von da aus nach Frankfurt an der Oder. Willst du mitkommen? Oder willst du mit dem Zug nach Hause fahren?"
„Ich würde ja lieber mit dir mitkommen. Ich hab doch sowieso nichts zu tun. Können wir dann nicht gleich nach Polen fahren? Das liegt doch da direkt an der Grenze bei Frankfurt."
„Stimmt, können wir eigentlich machen."
„Au ja, freu mich voll drauf."
Das passte gut in meine Pläne und sparte mir insgesamt gute dreihundert Kilometer, da ich nicht erst bis Hannover fahren musste, sondern nur bis Magdeburg, weil ich die Schlüssel für die restlichen Wagen glücklicherweise noch dabei hatte. Außerdem bestand die Aussicht auf eine weitere Nacht hemmungslosen Sex mit Jasmin. Sie war so heißblütig, daran könnte ich mich gewöhnen - aber das wäre eigentlich nicht gut. Naja, mal sehen.

Die gingen ins Block-House und die bestellte mir das große Rib-Eye-Steak, extra blutig. Das brauchte ich jetzt. Gleich nach dem Essen machten wir uns auf den Weg Richtung Magdeburg.

Auf Sergej war wirklich Verlass: pünktlich war er mit seinen Männern vollzählig erschienen. Alle bekamen die Schlüssel und auf ging es gen Osten, nach Frankfurt/Oder.

Nachdem wir bei Müllrose in einen Stau geraten waren, kamen erst spät in Frankfurt an. An einem Parkplatz in der Nähe der polnischen Grenze stand Vitalis Hummer. Wieder bekam ich eine große Tüte kleiner Scheine. Vitali war mehr als zufrieden, ich aber nur noch müde. Ich wollte ins Bett. Die ganze Geschichte lief darauf hinaus, dass ich anscheinend den ganzen Tag nur noch in meinem Auto saß und durch die Gegend fuhr. Sergejs Leute bekamen ihr Geld und ich gab Sergej diesmal statt der vereinbarten zweihundert Euro einen Fünfhunderter. Ich war wirklich zufrieden mit ihm. Wieder wollten Vitali und Juri noch etwas mit mir unternehmen.

„Ich hab Jasmin noch dabei. Ich war doch heute noch nicht in Hannover."

Juri gefiel das gar nicht, das merkte ich an seinem Verhalten.

„Nächstes Mal, versprochen!"

Ich suchte ein Hotel und schnell fanden wir auch eins auf deutscher Seite. Eigentlich war ich viel zu müde für Sex, aber Jasmin, die auf der Fahrt zwischen Berlin und Frankfurt geschlafen hatte, war damit nicht einverstanden. Ich legte mich ins Bett und wollte schlafen, aber Jasmin war auf einmal unter der Decke verschwunden. Dann nahm sie ihn in den Mund und schnell war ich wieder wach. Ich hob die Decke an und sah ihr dabei zu, wie sie mir einen blies. Ohne ihn aus dem Mund zu lassen, drehte sie ihren Körper so, dass auch ich sie lecken konnte. Gegenseitig befriedigten wir uns in der 69er-Manier oral. Wieder ein neues und sehr aufregendes Erlebnis. Als sie kam, biss sie leicht zu und das tat mir dann doch ein bisschen weh. Sofort machte sie das wieder gut, indem sie ihn sanft küsste, sich dann auf ihn setzte und in sich einführte. Sie nahm meine Hände und weil sie wusste, wie sehr ich das mochte, legte sie sie auf ihre Brüste. Dann ritt sie auf mir, während ich ihre Brüste knetete.

„Sag mir Bescheid, wenn du kommst", flüsterte sie.

Ich merkte bald, dass ich so weit war und sagte es ihr. Sie nahm ihn wieder in den Mund und dann kam ich. Einen Teil schluckte sie, aber den Nachschuss dirigierte sie in ihr Gesicht. Ich hatte selten eine so versaute Frau die Jasmin ergibt. Und um ehrlich zu sein: ich stand voll darauf!

Gemeinsam gingen wir duschen und seiften uns gegenseitig ein. Dann gingen wir ins Bett, wieder nackt, und sie kuschelte sich wie immer in meine Armbeuge. Es gab einen langen und innigen Gute-Nacht-Kuss und dann fielen mir auch schon die Augen zu.

Am nächsten Morgen, Jasmin schlief noch, fing ich an, sie sanft zu streicheln. Als ich merkte, dass sie nicht aufwachte, ich aber schon wieder erregt war, drang ich ganz vorsichtig in sie ein und bewegte mich langsam in ihr, ohne sie zu wecken. Sie seufzte und stöhnte leise, ihre Hände fuhren an ihre Brüste, über die sie leicht rieb. Ihre Brustwarzen waren erigiert. Sie öffnete ihr linkes

Auge und murmelte verschlafen „Du kriegst aber auch nie genug, was?". Dann bewegte sie sich mit mir im Rhythmus und der Morgen fing gut für mich an.

Wieder gingen wir unter die Dusche, dann fuhren wir nach Polen rüber. Das Geld ließ ich erstmal im Hotelsafe zurück. Die Grenzkontrolle dauerte fast eine halbe Stunde und ich wurde mit dem Wagen heraus gewunken. Ich musste die Fahrzeugpapiere zeigen und es wurde kontrolliert, ob der Wagen gestohlen war. Nach einer weiteren halben Stunde konnte ich erst weiterfahren. Es war mir ein Rätsel, wie Oleg und seine Leute das bewerkstelligten, mit so vielen hochklassigen Autos unbehelligt über die Grenze zu kommen.

Circa einen Kilometer hinter der Grenze befand sich der Basar von Slubice, der Polenmarkt. Vor gut zwei Jahren war dieser abgebrannt, aber mittlerweile wieder aufgebaut. Hier parkte ich auf dem Parkplatz, der direkt hinter den Verschlägen der Händler angelegt war. Obwohl es noch recht früh war, mussten wir schon ziemlich weit hinten parken. Ich hoffte nur, dass meinem Auto nichts passierte. Vor dem Eingang standen schon die ersten Hundehändler mit blutjungen Welpen, maximal drei oder vier Wochen alt. Jasmin lief natürlich sofort dorthin und konnte sich fast gar nicht mehr einkriegen. Sie streichelte die kleinen Hunde, die in den Pappkartons auf alten, dreckigen Laken lagen, ließ sie an ihrem Finger knabbern, was nicht wehtat, da die Hunde noch keine Zähne hatten, und hätte am liebsten gleich alle mitgenommen. Ein kleiner Shi-Tzu, ein Fellbündelchen mit plattgedrückter Nase, hatte es ihr besonders angetan. Der Händler, ein schmieriger Kerl mit Zähnen in allen Regenbogenfarben versuchte gleich, ihr den Hund schmackhaft zu machen.
„Ist gute Hund. Gesund. Mit Papiere."
Dabei zog er einen ganzen Batzen Blankopapiere aus der Jackentasche. Die Papiere waren wahrscheinlich so echt wie seine tickende Rolex, die er am Arm hatte.
„Gute Hund. Nur funfsig Euro."
Fünfzig Euro für einen Hundewelpen sind natürlich ein Witz, aber meist sind die Polenhunde krank und die wertlosen

gefälschten Papiere trugen auch nicht unbedingt zu einem besseren Gefühl bei. Ich sah Jasmin an. An ihren Blick merkte ich, dass sie sich in das lebende Wollknäul verliebt hatte.

„Ok, wir nehmen ihn. Dreißig Euro!"

Handeln musste man schließlich.

„Oh, ist mit Papiere. Vierzig!"

Ich gab ihm die vierzig Euro. Jasmin war glücklich. Sie drückte den Kleinen an sich und konnte sich gar nicht mehr einkriegen vor Freude. Sie nahm mich, den Hund in einer Hand haltend, so klein war er, in den Arm und küsste mich.

„Das ist so lieb von dir!"

„Was? Dass ich mir einen Hund gekauft habe?" zog ich sie auf und tat unwissend. „Oder willst du ihn etwa haben?"

Sie boxte mich. „Du Schuft!" Dann rollte tatsächlich eine Freudenträne an ihrer Wange entlang, die ich ihr mit dem Finger liebevoll abwischte.

Im nahe gelegenen Papiercontainer suchten wir einen alten Zigarettenkarton, in dem wir den Hund erstmal lassen konnten, bevor wir zurückfuhren. Den Karton mit dem Hund brachten wir ins Auto und Jasmin nahm eins ihrer Handtücher aus ihrer Reisetasche und legte ist mit hinein, so dass der Kleine es gemütlich hatte, bis wir zurückkommen würden.

„Weißt du schon, wie er heißen soll?"

„Nein, ich möchte, dass du ihm einen Namen aussuchst, schließlich hast du ihn mir ja auch geschenkt."

„Dann nennen wir ihn Gizmo. Ich finde nämlich, der sieht aus wie Gizmo aus dem Film 'Gremlins'."

Im Basar selbst gab es fast alles. Kopierte DVDs, Zigaretten, falsche Parfüms, gefälschte Schuhe und Jacken, Pullover und T-Shirts, Soft-Air-Waffen, alles Mögliche eben. Ein Stand führte auch Tierzubehör. Hier kauften wir für Gizmo einen Napf, eine Wasserschüssel, eine Leine und ein bisschen Spielzeug. Ich fragte den Verkäufer, ob es mit dem Hund Probleme an der Grenze geben könnte.

„Haben Sie Papiere für die Hund?"

Ich zeigte sie ihm.

„Haben Sie die Hund draußen gekauft?"

Ich nickte.

„Dann nehmen Sie Papiere, werfen sie weg und nehmen Hund an Grenze unter Jacke, sonst zappzarapp."

Zappzarapp ist ein schönes Wort. In jeder Sprache, wenn es um Diebstahl oder darum geht, jemanden von seinem Besitz mehr oder weniger freiwillig zu befreien, heißt es nichts anderes, als ´weg´. Das war also deutlich. Zum Glück hatte Jasmin ein so aufregendes Dekolleté, da hätte der Hund locker Platz zwischen den Brüsten. Irgendwie beneidete ich ihn ein wenig.

Wir schlenderten noch einige Zeit über den Markt, ich kaufte mir ein paar DVDs von aktuellen Kinofilmen und zwei Stangen Zigaretten. An einer Bude wollte ich etwas essen. Vor mir war eine Deutsche, die sich für im heißen Fett schwimmende Würste interessierte, an der Reihe.

„Entschuldigung", fragte sie den Verkäufer. „Wie viele Kalorien haben denn die Würste hier?"

„Bljäht, Frau, das sind polnische Würste. Die haben nix Kalorien, die haben Cholesterin."

Ich lachte und die Frau drehte sich pikiert um und ging kommentarlos weg. Ich nahm zwei fettige Cholesterinwürste, zweimal Pommes und was zu trinken. Was für ein Festmahl!

Direkt nach dem Essen fuhren wir los. Einmal wegen Gizmo und außerdem wollte ich natürlich auch irgendwann mal nach Hause. Gizmo fühlte sich zwischen Jasmins Brüsten so wohl, dass er gleich einschlief. Kann ich ihm nicht verdenken. An der Grenze wurden wir nach einem kurzen Blick ins Auto so durch gewunken. Aus dem Hotel holten wir das Geld, dann ging es nochmal kurz nach Berlin, zum Bahnhof Zoo, wo ich ebenfalls das Schließfach leerte und dann ging es endlich ab nach Lehrte.

Ich wollte unser Verhältnis noch einmal klarstellen, denn mittlerweile merkte ich, dass nicht nur auf Jasmin Seite, sondern auch von mir Gefühle ins Spiel kamen.

„Die Nächte mit dir waren wirklich schön, aber du weißt, dass ich mit Oxana zusammen bin, oder?!"

Sie schaute mich an.

115

„Ja, das weiß ich und das finde ich auch sehr schade. Du sagst jetzt bestimmt, dass wir Freunde bleiben sollen, richtig?"

„Das wäre mir sehr sehr wichtig!"

„Ach, erzähl doch kein Quatsch! Scheiß aufs Freunde sein! Das ist doch nur eine Ausrede. Lass uns einfach weiter Sex haben. Dann wären wir, wenn da so viel Wert drauf legst, eben Fickfreunde. Oder hast du da ein Problem mit?"

Die Frau machte mich wirklich baff. „Nein, denn ganz ehrlich: du bist echt eine Granate!"

„Dito, Don Juan."

Das wäre also geklärt.

„Aber langsam sollten wir echt mal drauf achten, zu verhüten. Die ganze Zeit vögeln wir ohne Gummi rum."

„Sorry, aber die Dinger kann ich echt nicht leiden. Du brauchst dir aber keine Sorgen machen. Ich nehm die Pille - meistens jedenfalls."

Juri rief an, um mir mitzuteilen, dass er am nächsten Tag erst gegen Mittag nach Hannover käme. Er war immer noch mit Vitali unterwegs. Ich fuhr also kurz nach Lehrte, damit Jasmin sich neue Sachen holen konnte und dann wollte ich wieder nach Hannover mit ihr. Vor der Tür von der Wohnung ihrer Schwester in der Westerstraße stand wieder kein roter Golf. Serkan hatte die Drohung von Lena wohl verstanden, aber ich war mit ihm noch lange nicht quitt. Ich nahm Jasmins Tasche, sie hatte Gizmo auf dem Arm. Als Lena die Tür öffnete, konnte sie sich gar nicht mehr einkriegen, als sie den kleinen Hund sah.

„Oh, ist der süß! Na du, wie heißt du denn, na wie heißt du denn, häh, mein kleiner Süßer?"

„Das ist Gizmo. Den hat Tom mir geschenkt. Ist er nicht niedlich?"

Lena nahm Gizmo sogleich in Beschlag, während Jasmin ins Schlafzimmer ging, um ihre Tasche neu zu packen. Vorher wollte sie noch schnell auf die Toilette. Ihr Handy, das sie im Flur hatte liegen lassen, klingelte.

„Geh mal einer ran", rief sie vom Badezimmer aus. Da Lena mit Gizmo in der Küche zugange war, nahm ich das Handy. Unbekannter Anrufer.

„Hallo, hier bei Jasmin."

„Tom?"

„Oh, hallo Anna."

„Was machst du denn an Jasmins Handy? Ich denke, die ist mit ihrem neuen Freund in Berlin?"

Anna hatte mir während unserer Beziehungen so oft wehgetan, also wollte ich es ihr jetzt heimzahlen. Ich wusste zwar nicht, was Jasmin dazu sagen würde, aber das war mir in diesem Moment auch herzlich egal.

„Waren wir ja auch."

Anna verstand. „Jasmin soll mich zurückrufen", meinte sie eisig und legte auf.

Das hatte gesessen. Ob das von mir wirklich so schlau gewesen war, würde sich herausstellen. Ich klopfte an die Tür vom Badezimmer und erzählte Jasmin von dem Anruf.

„Da hasst du es ihr aber mal so richtig gegeben", meinte sie nur. Naja, wenigstens war Jasmin nicht sauer auf mich, das war ja schon mal was.

Im Wohnzimmer unterhielt ich mich noch ein bisschen mit Lena, die mich dadurch verwirrte, dass sie ziemlich offensichtlich mit mir flirtete. Zum Glück war Jasmin heute schneller fertig und wir fuhren nach Hannover. Gizmo ließen wir bei Lena, weil ich wusste, dass Juri keine Hunde in der Wohnung mochte. Besonders keine, die nicht stubenrein waren. Jasmin wollte noch weg, aber erstmal hatte ich zwei Tüten voller Geld in der Wohnung, die ungern gern alleine lassen wollte und außerdem war ich ziemlich müde. Die ganze Hin- und Herfahrerei und Jasmins nymphomanische Ader forderten ihren Tribut. Ich checkte nur noch kurz meine Mails. Emine Fuchs, die Innenarchitektin, hatte mir ihr Angebot gemailt. Sie wollte für den kompletten Umbau der Wohnung eine ordentliche Stange Geld haben. Aber die Pläne, die Sie mir als Anhang mitgeschickt hatte, waren grandios. Per Mail gab ich ihr grünes Licht für den Umbau. Vielleicht konnte ich mit der alten Frau Mertens reden, dass Sie mir in die Wohnung verkaufte.

Während Jasmin bei Anna anrief, um die Wogen ein wenig zu glätten, rief ich bei Oxana in Warschau an.

„Hallo Oxi, na wie geht es dir so ohne mich?"

„Ach Tom, ich hab so viel um die Ohren zur Zeit. Am liebsten würde ich jetzt nach Hannover zu dir kommen."

„Das wär schön. Ich kenne das, ich bin auch im Moment nur am rennen. Berlin, Frankfurt, Hannover, Magdeburg. Immer hin und her. Ich fühle mich schon wie ein LKW-Fahrer."

„Hm, LKW-Fahrer. Klingt nett. So ein ganz behaarter Trucker meinst du, dem ich in den Brusthaaren spielen kann?" Sie lachte.

„Du bist gemein. Nur weil du nicht zugeben willst, wie sehr meine haarlose Brust, sanft wie ein Babypopo, aber hart wie Stahl, dich anmacht."

„Du Spinner." Wieder lachte sie und ihr Lachen klang wie Kristall.

„Oxi, ich vermisse dich. Weißt du schon, wann du wieder hier bist?"

„Leider noch nicht. Im Moment sind ganz wichtige Vorlesungen und die darf ich nicht verpassen. Ich will doch Frau Dr. Oxi werden."

„Ich werde es wohl auch so schnell nicht einrichten können, dass ich nach Warschau komme. Momentan läuft das hier wie geschnitten Brot."

„Ich weiß. Juri hatte mir das schon erzählt." Dann änderte sich ihr Tonfall und klang besorgt. „Tom, wer ist dieses blonde Mädchen, mit dem du in Berlin warst?"

„Das ist eine Freundin von mir. Wie beste Freundin meiner Ex."

„Muss ich mir Sorgen machen?"

„Nein, das brauchst du nicht. Ich habe ihr gesagt, dass mein Herz nur Dr. Oxi gehört. Und sonst niemandem."

Sie klang beruhigt, aber auch ein wenig traurig. „Gut Tom. Du weißt, dass ich dir vertraue. Aber bitte pass auf, dass du dich nicht in sie verliebst, ok?"

„Das wird nicht passieren. Ich liebe nur dich, und das weißt du auch."

„Und ich liebe dich. Und Dr. Oxi wird jetzt ins Bett gehen, damit sie morgen fit für ihr Studium ist. Pass auf dich auf, Süßer."

„Du auch. Ich liebe dich."

„Und ich liebe dich. Gute Nacht."

Erschlagenen legte ich mich ins Bett. Im Nebenzimmer war Jasmin noch mit Anna am telefonieren und es ging recht hoch her. Ich verstand nur Satzfetzen, aber sie stritten sich wegen mir. Dann kam Jasmin ins Zimmer.

„So eine blöde Kuh."

„Wieso, was ist denn los?"

„Ach, die macht mir jetzt voll die Vorwürfe, dass ich mit dir in Berlin war und ihr nichts davon gesagt habe. Und dann hat sie mich gefragt, bei uns was läuft und ich habe ihr erzählt, dass wir Sex hatten. Da ist sie voll ausgeflippt. Aber hey, sie ist ja selber schuld."

„Vergiss sie. Komm lieber ins Bett."

Sie zog sich ganz aus und legte sich neben mich. Ihre Hände gingen gleich in südlicher Richtung auf Wanderschaft, aber heute wollte ich keinen Sex. Oxana geisterte noch durch meine Gedanken. Also kuschelten wir nur ein bisschen und dann schliefen wir ein. Wie immer hatte sie sich in meine Armhöhle gekuschelt.

Morgens fuhr ich mit Jasmin als erstes zur Bank, weil ich die beiden Geldtaschen loswerden wollte. Ich hatte die ganzen Bündel in eine große Sporttasche gepackt, das war nicht so auffällig. Am Schalter fragte ich nach, ob ich ein größeres Schließfach bekommen könne. Die Beraterin sah kurz nach und wir gingen in den Tresorraum. Hier öffnete sie die beiden Schließfächer, das neue und das alte. Dann ließ sie mich allein. Ich packte das ganze Geld aus der Tasche und die Bündel Scheine aus meinem alten Schließfach in das Größere. Das wäre also schon einmal erledigt. Oben unterschrieb ich noch das neue Zugangsformular, gab die alten Schlüssel ab und dann konnten wir ein wenig shoppen gehen. Jasmin hatte so lange in der Sitzecke oben auf mich gewartet, ich wollte nicht, dass sie zu viel wusste.

Bei Wempe hatten sie die weiße Rolex Daytona in Stahlausführung im Fenster. Diese Uhr war außerordentlich selten. Jasmin schien es sehr zu genießen, dass der Wachmann ihr die Tür aufhielt. Ich fragte Verkäuferin nach der Uhr. Die Uhr war gebraucht, aber mit allen Papieren, um von einem guten

Kunden angekauft und somit konnte die Verkäuferin für die Echtheit garantieren. Ich ließ das Band einstellen und sagte dass ich sie wollte. Nun hatte ich aber nicht genug Geld dabei, da ich gerade eben alles in den Safe getan hatte. Also gingen wir die paar Meter bis zur Bank zurück. Diesmal begleitete Jasmin mich in den Keller. Als ich das Tresorfach öffnete, bekam sie ganz große Augen, als sie das viele Geld bündelweise dort liegen sah. Ich entnahm fünfzehntausend Euro und wieder ging es zurück zu Wempe. Ich fragte Verkäuferin nach einer weiteren Uhr, und zwar einer rosanen Lady-Rolex. Jasmin sah sich in der Zwischenzeit die ausgestellten Ringe an. Als die Verkäuferin mit der Damenuhr wiederkam, rief ich Jasmin zu mir herüber.

„Ja?"

„Probier die bitte mal an."

„Oh, die ist ja schön."

Die Uhr passte wie angegossen.

„Ich nehme dann beide."

Jasmin machte große Augen. Sie war ganz begeistert und konnte sich fast gar nicht mehr einkriegen vor Freude.

So war ich. Wenn ich nichts hatte, dann gab mir auch keiner was. Aber wenn ich hatte, dann gab ich gern etwas. Jasmin hatte mir wirklich schöne Nächte bereitet und ich hoffte, dass da noch einige mehr nachfolgen würden.

„Das ist so lieb von dir! Warum habe ich nicht früher gemerkt was ein toller Mensch du bist?"

„Sei mir nicht böse, aber damals wolltest du ja nichts zu mir."

„Aber guck mal an, wie du dich seitdem verändert hast. Haare, Klamotten, Auto, alles ist anders an dir."

Darauf ging ich nicht ein. Ging es Jasmin doch nur um Äußerlichkeiten? Hatte ich mich doch so in ihr getäuscht und war sie doch so dermaßen oberflächlich? Ich wolle das Thema wechseln nicht mehr darüber nachdenken.

„Willst du frühstücken?"

Wir gingen ins Heim-W in der Galerie Louise. Dort konnte man in netter Atmosphäre etwas Leckeres essen. Unser Frühstück war gerade gekommen, als Noack aus Magdeburg anrief.

„Ihr Geld für die Juventus GmbH ist da. Wo soll ich das hin überweisen?"

„Hm, könnte ich einen Barscheck bekommen?"

„Das ist kein Problem."

„Gut. Brauchen Sie dafür den Herrn Sänger?"

„Nein, bei einem Scheck nicht. Er müsste den nur hinten unterschreiben, wenn Sie ihn einreichen. Ich weiß ja, wie das bei Ihnen ist." Dann lachte er.

„Wie hoch ist denn der Scheck und bei welcher Bank sind Sie?"

„Wir sind bei der Pluralbank. Die gibt es meines Wissens doch auch in Hannover. Und die Provision ist rund hundertzehntausend Euro."

„OK, ich mach mich auf den Weg. Bis gleich."

Ich rief bei der Pluralbank in Hannover an und bestellte die gesamte Summe zur Barabhebung. Das Frühstück ließ ich Frühstück sein und nur Minuten später waren Jasmin und ich wieder auf dem Weg Richtung Magdeburg. Ich hatte den Lamborghini genommen, und so kamen wir gut durch. Wenn diese Flunder bei den vorfahrenden Wagen im Rückspiegel auftauchte, machte fast jeder automatisch Platz. Noack erwartete mich schon und überreichte mir feierlich den Scheck. Ganz Autoverkäufer wie er war, fragte er gleich, wann er denn mit den nächsten Bestellungen rechnen dürfte. Wahrscheinliche rechnete er sich schon seine eigenen Provisionen zusammen.

„Das muss ich heute mit dem Herrn von Ritzenholtz abklären. Aber legen Sie das Scheckbuch mal nicht zu weit weg, das könnte recht kurzfristig was werden."

Im Tiefflug ging es zurück nach Hannover. Ich muss mich beeilen, denn heute hatten die Banken nur bis mittags auf. Von unterwegs rief ich Sänger an. Als er hörte, dass er heute Geld bekommen sollte, war er sofort bereit, sich mit mir in der Stadt zu treffen. Wir verabredeten uns vor der Bank. Kurz vor der Mittagspause traf ich dort ein. Den Wagen parkte ich auf dem Bürgersteig, da mal wieder kein ausreichend breiter Parkplatz vorhanden war. Das war auch ein Problem bei einer Heckbreite von fast zwei Metern. Sänger wartete schon auf mich. Ich stellte ihm Jasmin vor und dann hob er das Geld ab. Sänger und ich wurden von dem Bankmitarbeiter in einen Nebenraum gebeten. Dort erwarteten uns bereits ein weiterer Mitarbeiter mit einem großen Haufen Fünfzig-Euro-Scheine. „Leider haben wir so kurzfristig keine andere Stückelung zusammenbekommen."

Sänger bekam zehntausend Euro von mir, mit dem Rest, verpackt in einen Jutesack, wie er zum einkaufen benutzt wird, ging es in den Keller zum Safe. Die zwanzig neuen Bündel Bargeld passten gerade so noch in das Schließfach. Ich würde bald wieder Geld umtauschen müssen in größere Scheine...

Mit Jasmin fuhr ich zurück nach Lehrte. Ich wollte jetzt in Ruhe mit Juri sprechen und ich musste noch Waren für die Gesellschaft bestellen. Dafür brauchte ich einfach ein wenig Zeit und keine Ablenkung.
„Kommst du noch kurz mit hoch?"
Lust hatte ich eigentlich keine. Ich würde es kurz halten. Lena öffnete die Tür. Dann gingen sie und Jasmin ins Nebenzimmer. Sie tuschelten miteinander. Verstehen konnte ich jedoch nichts. Als sie wiederkamen, sah Lena irgendwie aufgeregt aus. Sie warf mir wieder solch seltsame Blicke wie beim letzten Mal zu.
„Kommst du mal mit?"
Ich folgte den beiden im Schlafzimmer. Beide begannen wortlos damit, sich auszuziehen. Ich verstand gar nicht richtig, was los war, doch dann öffnete Lena, nur noch in schwarzer Unterwäsche mit Spitze, meine Hose. Jasmin warf mich aufs Bett. Dann stürzten sich beide auf mich, so dass ich gar nicht wusste, wie mir geschah. Während Jasmin mir das T-Shirt über den Kopf zog, war Lena damit beschäftigt, meine Hose aufzuknöpfen. Ich trage nicht immer Unterwäsche, besonders nicht mehr, seit ich Jasmins schmutzige Seiten kenne. Vor mir tanzte Lena und öffnete ihren BH. Zwei volle Brüste, noch größer als Jasmins, kamen zum Vorschein. Nackt war Lena bei weitem nicht mehr die graue Maus, für die ich sie immer gehalten hatte. Als sie auch noch ihren String auszog, sah ich, dass sie genau wie ihre Schwester, komplett rasiert war. Auch Jasmin war mittlerweile nackt und ich sichtlich erregt. Lena nahm ihn in die Hand und leckte mir einmal schnell über die Eichel. Ich wurde noch erregter. Von unten zwinkerte sie mir zu. Jasmin ging zu Lena und die beiden fingen an, sich innig zu küssen und zu streicheln. Gegenseitig spielten sie mit ihren Brustwarzen, zwirbelten sie hin und her. Langsam ging Lena an Jasmins Körper mit der Zunge in Richtung der Scham. Bei den Brüsten verharrte sie kurz und spielte mit ihrer Zunge an den

Brustwarzen, während Jasmin mit zurückgeworfenem Kopf stöhnte. Lena leckte nun ihre Schwester, die auf ihren Knien saß. Mit ihren Händen hielt sie Jasmins Hintern umklammert und langsam führte sie ihren linken Zeigefinger in Jasmins After. Lena stand wieder auf und kam auf mich zu. Ich lag noch immer auf dem Rücken, hatte mich aber auf meine Ellenbogen gestützt, um von diesem Schauspiel nichts zu verpassen. Lena setzte sich auf mein Gesicht, so dass ich gar nicht anders konnte, als sie mit meiner Zunge zu stimulieren, während Jasmin sich auf meinen erigierten Penis setzte und anfing, mich zu reiten. Ich hatte noch nie einen Dreier gehabt und hatte es mir ehrlich gesagt auch nie zugetraut. Aber es war einfach unglaublich. Während ich Lena leckte und mit meinen Händen an ihren Brüsten spielte, ritt Jasmin immer schneller und schneller auf mir. Dann kam sie. Sie stöhnte laut. Lena und sie tauschten die Plätze und nun leckte ich Jasmin und wurde von Lena geritten. Schnell kam auch ich, sogar gleichzeitig mit Lena. Verschwitzt lagen wir schließlich alle drei nebeneinander im Bett. Was war das bloß für eine Familie, gleich zwei solche Granaten im Bett? Wow!

„Ich fühle mich irgendwie von euch beiden vergewaltigt", meinte ich im Scherz.

Lena war das alles, nachdem ihre Erregung abgeklungen war, ziemlich peinlich. Sie schnappte sich ihre Sachen, bedeckte sich damit und lief mit hochrotem Kopf ins Bad.

„Deine Schwester ist ja auch so ne Nummer", meinte ich lachend zu Jasmin. „Erst vögelt die mich so, dass ich denke, dass ich seekrank werde, lässt alle Hemmungen fallen, und dann läuft sie weg."

„Sie hat sich, seit du das erste Mal hier warst, tierisch in dich verknallt. Und vorhin hat sie mich gefragt, ob wir nicht einen Dreier machen könnten. Das war übrigens ihr erster Dreier."

„So kamen mir das aber nicht vor. Alter Schwede!"

„Das wird ihr jetzt bestimmt wieder tagelang peinlich sein."

„Muss es aber nicht. Und ganz ehrlich, wie ihr beide euch da so geküsst habt und so, das war schon echt der Hammer."

„Aha, so was magst du also, ja?" lachte sie.

„Sei nicht böse, ich muss jetzt echt los. Und falls deine Schwester mal Lust auf eine Wiederholung hat, soll sie nur anrufen."

„Du Schuft!"

Ich zog mich an. Beim hinausgehen klopfte ich im Bad an und rief „Tschüss Lena!"

Ein leises Stimmchen, dem man die Unsicherheit anmerkte, antwortete nur kurz „Ja, bis dann."

Juri war noch nicht wieder zuhause. Beim Surfen entdeckte ich einen Computeranbieter, bei dem man die Geräte auch leasen konnte. Ich rief auf der Hotline an, und fragte wie das genau vor sich ginge. In diesem Gespräch erfuhr ich, dass für GmbHs grundsätzlich die Möglichkeit besteht, ohne besondere Prüfung Computerteile, insbesondere Laptops, bis zu einem Wert von zehntausend Euro zu bekommen. Online gab ich die Daten der Juventus GmbH ein. Einen entsprechenden Leasingantrag konnte ich direkt ausdrucken. Den musste Sänger nur noch unterschreiben, dann würde die Juventus sechs High-End-Laptops geliefert bekommen. Und wenn das klappte, würden die anderen beiden Gesellschaften auch dort bestellen. Das nächste, was ich bestellte, auch wieder online, waren Tankkarten. Momentan zahlte ich über fünfhundert Euro pro Woche für Benzin. Gerade der Diablo kam auf zwanzig bis dreißig Liter, je nach Fahrweise. Auch hier druckte ich die Anträge wieder aus. Dann kam ein großes Möbelhaus an die Reihe. Gleich nach der Eingabe aller Daten hatte ich eine Zusage zu Möbeleinkauf auf Kredit von achttausend Euro. Das würde mir bei meiner neuen Wohnung sicherlich helfen.

Dr. Jung, der Anwalt von Ingo, hatte sich noch nicht gemeldet. Ich rief bei ihm in der Kanzlei an. Ingo würde nicht aussagen. Aber Dr. Jung erklärte auch, dass er für die Verteidigung eine weitere Zahlung benötigen würde. Ich versprach, im Laufe des Tages weitere tausend Euro in seiner Kanzlei vorbei zu bringen. Das würde erst einmal ausreichen. Mein nächster Anruf galt Frau Mertens in Spanien. Ihr ging es gut. Sie war zwar erst ein paar Tage weg, aber, so drückte sie sich aus, auf das deutsche Wetter könne sie für den Rest ihres Lebens verzichten. Ich fragte sie nach der Möglichkeit, die Wohnung zu kaufen. Sie sagte mir zu, sich darüber Gedanken zu machen. Ich solle sie am folgenden Tag noch einmal anrufen.

Mein letzter Anruf galt von Ritzenholtz. Ich fragte ihn nach neuen Gesellschaften, doch diesmal konnte er mir nicht helfen. Er sagte, dass er selbst noch auf Gesellschaften warten würde, sich aber umgehend bei mir melden würde, wenn er wieder Firmen akquiriert hätte.

Im Internet googelte ich, ob es auch andere Gesellschaftsmakler gab. In Bayern, der tschechischen Grenze, wurde ich fündig. Der Anbieter machte mir zwar einen sehr unfreundlichen und auch nicht gerade kompetenten Eindruck, aber ich beschloss, direkt zu ihm zu fahren. Wenn ich jetzt losfuhr, konnte ich noch heute Abend an der tschechischen Grenze sein. Am nächsten Morgen könnte ich mich dann mit ihm zusammensetzen und dann so zurückfahren, dass ich nachmittags wieder zu Hause wäre. Ich rief Juri an, um das mit ihm zu klären. Er war gerade erst in Frankfurt/Oder losgefahren, wir würden uns also heute nicht mehr sehen. Er sagte mir aber zu, dass er die Abrechnungen mit Robert und den Mädels machen würde.

Ich fragte Jasmin, ob sie mitkommen wolle. In den letzten Tagen hatte ich mich schon richtig an sie gewöhnt. Es ging mir dabei nicht in erster Linie um den Sex, sondern auch darum, nicht alleine die ganze Zeit im Auto sitzen zu müssen. Mit dem Diablo fuhr ich nach Lehrte und sammelte sie ein. Dann ging es mit 250 Sachen Richtung Bayern. Die Autobahn war frei und endlich konnte ich den Wagen mal richtig über eine längere Strecke ausfahren. Die Autos auf der linken Spur gingen alle rechts rüber, wenn die flache, aggressive Schnauze des Lamborghini im Rückspiegel auftauchte. Mit insgesamt drei Tankstopps, bei denen ich jedesmal wieder hoffte, dass die Tankkarten bald kämen, kam ich im Wohnort des Firmenmaklers an. Dort suchte ich mir zuerst einmal ein Hotel und fand einen kleinen Landgasthof. Hier nahm ich ein Zimmer für Jasmin und mich. Viel mehr gab es in dieser Region nahe der tschechischen Grenze auch nicht zu sehen, der Landgasthof war anscheinend der gesellschaftliche Treffpunkt der gesamten Umgebung. Alles andere war grau und miefig. Wir bestellten uns ein bayrisches Essen, Sauerbraten mit Klößen, und gingen dann auf unser Zimmer. Nachdem wir durch die Programme gezappt hatten aber nichts Vernünftiges dabei rausgekommen war, kuschelten wir uns aneinander und schliefen ein.

Der Verkäufer der Gesellschaften empfing uns in seinem Privathaus, einem alten Hof, nur einen Steinwurf von der tschechischen Grenze entfernt. Mein Eindruck, den ich nach unserem Telefonat gehabt hatte, hatte mich nicht getäuscht. Herr Sami war an die siebzig Jahre alt und schien von der ganzen Materie nicht wirklich Ahnung zu haben. Er überreichte mir eine Liste mit Gesellschaften. Als ich Fragen zu bestimmten GmbH-Mänteln stellte, musste er immer wieder telefonieren, um nachzufragen. Ich hatte selten jemanden erlebt, der so dermaßen schlecht auf einen Kunden vorbereitet war. Letztendlich, auch weil ich keine Lust mehr auf Sami hatte, einigten wir uns auf die InoTra GmbH, für die er dreizehntausend Euro verlangte. Richtig glücklich war ich nicht, ich hatte kein gutes Gefühl bei Sami, seinem unprofessionellen Verhalten und den wenigen Unterlagen, die er mir zu der GmbH zeigte. Aber Sami versprach mir, dass die geplanten Leasingmaßnahmen definitiv klappen würden. Er rief seinen Notar an und wir vereinbarten für den Nachmittag einen entsprechenden Termin zur Beurkundung. Einen Strohmann, der als Geschäftsführer nach außen stehen sollte, wollte er mir für eine einmalige Zahlung von weiteren zweitausendfünfhundert Euro stellen. Der von ihm vorge-schlagene Herr Meiffert würde alle Leasingverträge unter-zeichnen und sei auch nicht mit negativen Einträgen belastet, so versprach Sami. Ich hatte kein Interesse daran, mehr Zeit als notwendig mit Sami zu verbringen, also verabredeten wir, uns kurz vor der Beurkundung in der Kanzlei seines Notars zu treffen. Ich fand es jedoch eine Unverschämtheit von ihm, als er auf die Zahlung einer Sicherheitsleistung in Höhe von fünf-hundert Euro bestand, damit er sicher sein konnte, dass ich auch zum Termin erscheinen würde. Ich hatte keine Lust, weiter mit diesem Menschen zu diskutieren und gab ihm den geforderten Betrag. Dann fuhr ich mit Jasmin wieder zurück ins Hotel. Lieber ein paar Stunden Assi-Fernsehen gucken als noch länger bei diesem unangenehmen Sami in seinem überheizten Wohnzimmer zu sitzen. Jasmin schien meine Meinung über Sami zu teilen.

„Was für ein Ekel-Typ. Ist dir mal aufgefallen, dass der die ganze Zeit nur auf meine Möpse geglotzt hat?"
Ich war nur heilfroh, dass sie nicht wie in der Sauna in Berlin reagiert hatte, sonst würde Sami jetzt tot auf seinem grünbraunen Fussboden liegen.

Der Notar hatte seine Kanzlei in einem alten Fachwerkhaus, das augenscheinlich das letzte Mal renoviert worden war, als Deutschland noch einen Kaiser hatte. Sami und Meiffert waren schon da. Sami nahm mich gleich zur Seite und fragte, nein, er bettelte regelrecht nach dem restlichen Geld.
Ich gab ihm die Restsumme von fünfzehntausend Euro, da erschien auch schon der Notar, ein Dr. Paul. Sein Erscheinungsbild passte zu Sami und zur Kanzlei: Er war so, wie ich ihn mir vorgestellt hatte: Klein, alt und staubig, bekleidet mit einem abgewetzten, fadenscheinigen Pfeffer-und-Salz-Anzug, auf dessen Schultern seine Schuppen zu sehen waren. Auf der Nase hatte er eine Goldrandbrille, „Modell 1", und ich wunderte mich, wie er überhaupt etwas sehen konnte, so verschmiert und dreckig waren die Gläser. Ich wollte wenigstens, bevor wir anfingen mit der Beurkundung, noch fünf Minuten mit Meiffert gesprochen haben. Immerhin würde die GmbH auf ihn übertragen werden und ich kannte ihn gar nicht. Meiffert war ca. sechzig Jahre alt und machte mir einen etwas minderbemittelten Eindruck. Er schien das zu tun, was man ihm sagte, was natürlich gut für mich war. Ich erklärte ihm, dass er auf mein Verlangen hin sofort nach Hannover oder Magdeburg würde kommen müssen.
„Da müssen Sie den Herrn Sami anrufen. Ich habe leider kein Telefon."
Das passte ja wunderbar! Ich würde ihm also als erstes ein Handy besorgen müssen, wenn ich ihn das nächste Mal traf.
Wir gingen zur Beurkundung, die relativ glatt verlief. Der Notar, wie konnte es anders sein, verlangte von mir direkt im Anschluss an den Termin fünfhundert Euro in bar. Ich zahlte. Dann fragte ich Sami nach den Unterlagen.
„Die muss ich Ihnen mit der Post schicken, die sind noch nicht ganz fertig."

Nun wurde ich wirklich sauer. „Herr Sami, ich habe Ihnen sofort den vollen Kaufpreis bezahlt, ohne zu handeln oder zu diskutieren. Ich habe Ihre lächerliche Anzahlung bezahlt, obwohl das so nicht abgesprochen war. Ich habe den Notar bezahlt, obwohl auch das vorher so nicht abgesprochen war. Ich verlange jetzt von Ihnen, dass ich die Unterlagen noch heute von Ihnen bekomme."

Meine deutliche Ansage schien gewirkt zu haben. Sami sagte zu, dass wir die gesamten Papiere noch abends abholen könnten. Das bedeutete also eine weitere Nacht in Bayern.

Die Unterlagen, die ich mir abends bei Sami abholen konnte, bestanden aus einem kleinen Hefter. Außer einem Handelsregisterauszug und der Gründungsurkunde war nichts enthalten.

„Und wo ist die Bankverbindung, von der Sie gesprochen haben?"

„Da hatte ich mich vertan, das Konto ist schon gelöscht."

Ich dachte, ich hörte nicht richtig.

„Sie wollen mir jetzt erzählen, dass ich über sechzehntausend Euro bezahlt habe und diese vier Seiten hier alles sein sollen, was ich dafür von Ihnen bekomme? Und dann gibt's nicht mal das versprochene Konto, keine Buchhaltung, nichts? Ohne das Konto kann ich die GmbH nicht nutzen und brauch die auch nicht!"

„Sie können ja eins aufmachen."

Von Ritzenholtz hatte mir deutlich erklärt, dass bestimmte Leasingbanken nur Zusagen geben, wenn die Bankauskunft in Ordnung ist. Und dazu gehört, dass das Konto länger als ein Jahr besteht, denn bei einem Konto, was gerade frisch eröffnet wurde, gibt es natürlich keine Bankauskünfte. Damit fielen schon einmal mindestens zwei Leasingbanken aus, wo wir Autos finanzieren wollten und das bedeutete gleichzeitig einen großen Verlust für uns, den ich so nicht hinnehmen wollte.

„Falsch Herr Sami! Sie und Herr Meiffert werden morgen gleich früh eins eröffnen. Mit Onlinebanking. Haben wir uns da verstanden?"

Bei Sami musste ich wohl immer erst etwas lauter werden, damit er funktionierte. Er nickt nur stumm.

Ich drehte mich zu Jasmin um. „Lass uns gehen, bevor ich hier noch ganz durchdrehe. So ein Amateur."

Am nächsten Morgen, nach einer ausgiebigen Nacht mit viel Liebe ging es zurück Richtung Hannover mit Zwischenstopp in Magdeburg. Ich brachte Noack die wenigen Unterlagen, die ich von Sami für die Gesellschaft bekommen hatte und suchte mir neue Wagen von Noacks Hof aus. Vitali hatte mich gebeten, vorerst das Augenmerk auf teure Geländewagen und SUVs zu legen. Ich bestellte bei Noack ein paar BMW X5, die er gerade günstig als Tageszulassung stehen hatte. Noack versprach einen kurzfristigen Rückruf und die Vorbereitung der Unterlagen. Außerdem gab er mir einen weiteren Scheck mit, da wieder Provisionen gutgeschrieben worden waren. Einhundertachtzigtausend Euro standen diesmal auf dem Betragsfeld. Damit waren Noack und ich erst einmal quitt.

Von der Autobahn aus rief ich Sänger an und bestellte ihn zur Plural-Bank nach Hannover. Dann bestellte ich dort Geld, damit ich die Auszahlung des Schecks entgegennehmen konnte.

Im Rückspiegel blinkte ein Blaulicht auf. Scheisse!

Ich fuhr am nächsten Rastplatz ab. Diesmal waren es zwei andere Zivilfahnder, die mich raus gewunken hatten.

„Guten Tag, Schwarz, Autobahnpolizei Magdeburg. Können Sie sich vorstellen, warum wir Sie angehalten haben?"

„Weil ich telefoniert habe?"

„Das auch. Wir haben Sie abzüglich 5% Toleranz gemessen mit 186 Stundenkilometern. Ihnen ist bewusst, dass wir in einer 120-Zone sind? Sie müssen jetzt auch keine Aussage treffen."

Oha!

„Ich hätte dann ganz gern einmal Führerschein und Fahrzeugpapiere von Ihnen, Herr Schuhmacher." Was für ein Witzbold! Die Polizisten schienen ja richtige Scherzkekse zu sein. Ich gab Schwarz die Papiere und wartete, bis er zurückkam.

„Sie müssen bitte eine Kaution in Höhe von achthundert Euro hinterlegen, weil der Wagen in der Schweiz zugelassen ist."

Sami hatte mich mit seinen ganzen Zusatzkosten so wirre gemacht, dass ich gar nicht mehr gemerkt hatte, dass ich nahezu kein Geld mehr dabei hatte. Auch auf dem Konto war nichts mehr, weil alles Geld im Schließfach lag. Ich hatte nur den Scheck, aber der würde mir hier an Ort und Stelle auch nichts bringen. Ich versuchte, den Polizisten die Situation zu erklären, aber sie gingen nicht einmal ansatzweise darauf ein. Also blieb mir nichts anderes übrig, als Noack anzurufen und mir von ihm die geforderte Summe vorstrecken zu lassen.

Im Zivilwagen ging es zurück zu Noack, während mein Auto auf dem Parkplatz stehen bleiben musste. Glücklicherweise lag der Autohandel nur ein paar Kilometer von der Autobahn entfernt. Ich nahm das Geld entgegen und mir fiel auf, wie paradox die Situation war. Zusammen mit der Polizei ließ ich mich genau dahin fahren, wo wir täglich mehrfach unsere Betrügereien begingen. Direkt zu unserem Goldesel vor die Tür.

Schwarz und sein Kollege bekamen ihr Geld und fuhren mich zurück zu Jasmin auf den Parkplatz zu meinem Auto. Da ich jetzt durch diese unsinnige und überflüssige Aktion fast eine Stunde Zeit verloren hatte, musste ich mich beeilen. Ungeachtet des Tempolimits ließ ich die Nadel auf über 300 springen. Jetzt sollten sie mal versuchen, mich zu kriegen!

Sänger wartete bereits vor der Bank in der Rathenaustraße in Hannover auf mich. Gemeinsam holten wir das Geld ab. Diesmal waren es achtzehn große Bündel mit Hundertern. Fünfzehntausend gab ich Sänger, mit dem Rest ging es wieder runter zum Schließfach.

Ich ließ Sänger die Leasingverträge für die Laptops, die Tankkarten und die Möbel unterzeichnen. Dann konnte ich die gleich abends noch weg faxen und den Verlust der achthundert Euro ein wenig kompensieren.

Noack rief an. „Wo haben Sie denn die Gesellschaft her, die Sie heute Morgen bei mir eingereicht haben? Die ist aber nicht von von Ritzenholtz, oder?"

„Wieso?"

„Die ist ja platter als platt. Und der Geschäftsführer, den Sie da angeschleppt haben, dieser Meiffert, der hat Privatinsolvenz angemeldet. Der ist fast noch platter als die Gesellschaft."

Ich dachte, ich hörte nicht richtig. Das würde ich sehr eindringlich mit Sami klären müssen. Ich versprach Noack, zurückzurufen und wählte sogleich Samis Nummer.

„Herr Sami, wollen Sie mich verarschen?"

„In so einem Ton lasse ich nicht mit mir reden." Klick, er hatte aufgelegt.

Wieder rief ich ihn an. „Herr Sami, wenn Sie noch einmal auflegen, dann raste ich völlig aus. Dann lernen Sie mich mal richtig kennen und glauben Sie mir, das möchten Sie nicht wirklich!"

„Bedrohen lasse ich mich von so jemandem wie Ihnen nicht." Klick, wieder hatte er aufgelegt. Beim nächsten Anruf ging nur noch sein Anrufbeantworter dran.

„Hör zu, du Wixer! Du hast mich betrogen. Ich will mein Geld zurück. Ruf mich sofort an, sonst Gnade dir Gott!"

Ich war außer mir vor Wut. Was glaubte der Scheisskerl eigentlich, wer er ist? Das konnte ich so nicht auf mir sitzenlassen. Ich hatte insgesamt für die Gesellschaft fast achtzehntausend Euro bezahlt, dazu noch den Ärger mit der Polizei, zwei Tage, die ich in Bayern am Arsch der Welt rumgehangen hatte und den ganzen nervlichen Aufwand. Und dann wollte ich mich natürlich auch nicht von dem Vollidiotengespann Sami und Meiffert betrügen lassen. Ich rief Juri an und erzählte ihm von meiner Niederlage. Er stimmte mir zu, als ich sagte, dass ich sofort wieder nach Bayern fahren würde, um die Angelegenheit vor Ort mit Sami zu klären. In der letzten Woche hatte ich Juri nur zwei Mal bei Geldübergaben mit Vitali gesehen, den Rest der Zeit waren wir beide nur im Namen des Gottes Mammon unterwegs gewesen. Das wurde wirklich ein hektisches Leben.

Wieder ging es auf die Autobahn, diesmal in Richtung Bayern. Zum Glück war ich jetzt wieder flüssig, ich hatte mir ein Bündel Hunderter eingesteckt. Auf der A7 trieb ich den Wagen zu Höchstleistungen, um meinen Frust loszuwerden. Ich zog die

Gänge bis in den roten Bereich, drängelte und benutzte die Lichthupe. Die Tachonadel ging nicht unter die 200er-Marke. Hinter Salzgitter musste ich tanken. Da hatte ich mich schon wieder etwas unter Kontrolle. In der Raststätte gingen wir erstmal etwas essen und auf die Toilette. Jasmin hatte etwas Koks dabei, wovon ich mir jetzt eine Line genehmigte. Außerdem wollte ich mir etwas die Beine vertreten. Den ganzen Tag in den Sportsitzen hält kein Rücken lange aus.

Von Salzgitter aus ging es in einem gemächlicheren Tempo weiter Richtung tschechischer Grenze. Ich würde Sami gleich am kommenden Morgen früh aufsuchen und zur Rede stellen. Heute würden wir erst so spät ankommen, da würde er die Tür sowieso nicht mehr öffnen. Und ich hatte keine Lust auf ein weiteres Zusammentreffen mit der Polizei. Telefonisch bestellte ich in „unserem" Landgasthaus nochmal ein Zimmer.

Ich parke den Diablo hinter dem Gasthaus. Nicht, dass Sami den Wagen durch einen dummen Zufall entdeckte und vorgewarnt war. Jasmin und ich gingen gleich in unser Zimmer. Ich wollte nur noch duschen und schlafen und auch Jasmin sah ziemlich erledigt nach dem Tag im Auto aus. Ich schickte Oxana noch schnell eine SMS und beklagte mich, dass ich gar nicht mehr in meinem eigenen Bett schlafen würde, sondern nur noch unterwegs sei. Ich wünschte ihr eine gute Nacht und sie schickte mir per SMS einen Kuss zurück. Mit Jasmin im Arm schlief ich ein.

Der Postbote kam um halb zehn. Als Sami zum Briefkasten ging, schnappte ich ihn mir.
„So Freundchen, jetzt reden wir Klartext!"
Ich schob ihn in sein Büro im Wohnzimmer.
„Ich will mein Geld zurück. Die Firma ist wertlos. Müll. Nicht nutzbar. Und das wussten Sie auch. Und der Meiffert ist auch platt."
Sami hatte Angst, das sah man ihm an. Noch versuchte er aber, den starken Mann zu spielen.
„Was fällt Ihnen ein, einfach in mein Haus einzudringen und mich zu bedrohen? Verschwinden Sie!"

„Ich gehe dann, wenn ich mein Geld habe."
„Gar nichts werde ich Ihnen geben."
Mir reichte es. Ich schlug zu. Mit der flachen Hand ins Gesicht. Sami fing an, um Hilfe zu rufen. Wieder schlug ich zu. Und wieder und wieder und wieder. Ich hatte mich schon die ganze Zeit über ihn geärgert, über seine Art, über sein Auftreten, über sein Verhalten, über seinen Dialekt, einfach über alles. Und nun wollte so jemand mich auch noch betrügen? Es ging mir nicht mal nur ums Geld, es ging mir darum, dass er mich für blöd verkaufen wollte.

Er sah mich nach den Schlägen geschockt an. Dass ich es ernst meinte, schien er nun begriffen zu haben.

„Ich gebe Ihnen Ihr Geld", murmelte er kleinlaut.

Wir gingen in sein Schlafzimmer. Ich ließ ihn vorgehen. Dort öffnete er den Kleiderschrank, ein altes Monster aus massiver Eiche. Im Inneren des Schranks befand sich ein Tresor, den er umständlich öffnete. Plötzlich drehte es sich zu mir um. In der Hand hielt er eine alte Armeepistole. Aber er hatte einen Fehler gemacht. Ich stand zu dicht an ihm und so schlug ich ihm geistesgegenwärtig die Pistole von unten aus der Hand. Mit der anderen Hand boxte ich ihm auf den Brustkorb. Er fasste sich ans Herz, röchelte und brach zusammen. Ich war erschrocken und kurzzeitig starr vor Angst. Ich kniete mich hin und fühlte seinen Puls, aber da war nichts. Ich suchte den Puls an seinem Hals, aber auch hier war kein Lebenszeichen zu erfühlen. Mit einem Taschentuch nahm ich seine Pistole und legte sie wieder in den Tresor. Falls ihn jemand finden sollte, so sollte es auf den ersten Blick nach einem natürlichen und nicht nach einem gewaltsamen Tod aussehen oder wenigstens nicht so seltsam, als wenn ein Toter mit einer Waffe in der Hand gefunden wird. Im Tresor lagen fast vierzigtausend Euro in bar. Bis auf fünftausend nahm ich das Geld an mich, immerhin war es teilweise mein Geld. Den Rest ließ ich liegen, um nicht den Anschein eines Raubes zu vermitteln. Dann wischte ich mit dem Taschentuch die Flächen, die ich berührt hatte, wieder ab und schloss den Geldschrank. Es sollte so aussehen, als wäre Sami ganz normal in seinem Schlafzimmer an einem Herzinfarkt verstorben.

An der Tür fiel mir ein, dass ich Sami eine Drohung auf dem Anrufbeantworter hinterlassen hatte. Ich drücke auf den Löschknopf und schon war mein Motiv nicht mehr da.

Schnell lief ich zum Wagen, den ich abseits versteckt im Wald geparkt hatte. Ich fuhr auf dem schnellsten Weg ins Hotel, wo Jasmin vor dem Fernseher auf mich wartete. Ich hatte einen Menschen getötet. Auch, wenn es nur so ein Drecksack, so ein Betrüger wie Sami gewesen war, trotzdem war es ein Mensch. Jasmin sagte ich nur, dass ich Kopfschmerzen hätte und legte mich erstmal in die Wanne. Ich musste nachdenken und wollte alleine sein. Hatte ich Spuren hinterlassen? Samis Tresor war zu, die Waffe und das restliche Geld waren drinnen. Fingerabdrücke hatte ich keine hinterlassen. Die Nachricht auf dem Anrufbeantworter hatte ich gelöscht. Der Wagen hatte im Wald gestanden und war somit auch nicht zu sehen gewesen. Und der Postbote hatte mich auch nicht sehen können, weil ich mich versteckt hatte. Nachbarn hatte Sami keine. Wahrscheinlich würde es sowieso einige Zeit dauern, bis man ihn fand. Mit etwas Glück würde Samis Tod als natürlicher Tod durchgehen, wenn die Verwesung eingesetzt hatte. Dann konnte man auch bei einer eventuellen Obduktion keinen Nachweis über den Schlag mehr finden. Der Mann war immerhin schon über siebzig gewesen. Langsam beruhigte ich mich. Es war ein Unfall gewesen. Oder Notwehr. Immerhin hatte er die Pistole herausgezogen. Nein, man würde mir nicht auf die Spur kommen.

Ich sagte Jasmin, dass sie packen solle, ich hätte alles erledigt. Zum Glück hatte sie nicht zu Sami mitkommen wollen, weil sie sich vor ihm ekelte. Ich beschloss, niemandem, auch nicht Juri, zu erzählen, was vorgefallen war.

Nachmittags setzte ich Jasmin zu Hause in Lehrte ab. Dann fuhr ich zum Bredero-Hochhaus. Endlich sah ich Juri auch mal wieder. Wir besprachen, was in den letzten Tagen alles vorgefallen war und rechneten ab. Seinen Anteil aus dem Schließfach sollte er am nächsten Tag bekommen, ich hatte keine Lust mehr, jetzt noch zur Bank zu fahren. Mit Robert hatte er ein bisschen Ärger gehabt, weil in den letzten Tagen die

Zahlungen nicht richtig funktioniert hatten. Auch die Frauen hatten in der letzten Zeit nicht richtig bezahlt. Gerade hierbei musste Juri besonders vorsichtig sein, denn wenn er die Zügel schleifen ließ, dann tanzten ihm die Frauen ganz schnell auf der Nase rum oder waren ganz weg, mitsamt dem Geld. Abends stand also noch ein ausgedehnter Steintorbesuch auf dem Plan, wie in alten Zeiten, obwohl diese alten Zeiten keine drei Monate her waren.

Ich gab Juri die Uhr zurück, die er mir ganz am Anfang gegeben hatte. Und ich zeigte ihm meinen Neuerwerb von Wempe. Er meinte, dass ich mit dem Kauf richtig Glück gehabt hatte, denn diese Uhren sind wirklich selten. Dann zeigte ich ihm die Pläne von Emine Fuchs. Juri war begeistert. Emine Fuchs hatte mir versprochen, dass ich in gut acht Wochen würde einziehen können, dann wäre der Umbau vollendet. Mir fiel dabei ein, dass ich ihr unbedingt die erste Rate geben musste, damit der Umbau starten konnte. Und Frau Martens musste ich wegen des Kaufvertrags auch noch anrufen.

Robert und seine Schatten waren guter Dinge, als wir zu ihnen kamen. Auf dem Weg nach oben hatte Juri von den ganzen Frauen seine Gelder eingesammelt, was einigermaßen problemlos vor sich gegangen war. Nur eine der Frauen hatte unsere Abwesenheit genutzt und das Geld verbraten. Das würde sie nun abarbeiten müssen, da war Juri gnadenlos.
„Oh, welch seltener Glanz in meiner bescheidenen Hütte", begrüßte uns Robert ironisch. Da aber sofort der obligatorische Tee ausgeschenkt wurde, wusste ich, dass er nicht wirklich böse war. Bisher hatten wir immer pünktlich bezahlt und Robert war in dieser Hinsicht wie ein Hund, dessen Stimmung man am Schwanzwedeln erkennt. Solange Tee auf dem Tisch stand, war alles gut. Erst wenn kein Tee mehr auf dem Tisch stand oder Robert jemanden aufforderte, auszutrinken, dann wurde es für den Besucher ungemütlich.

Wir bleiben gute zwei Stunden bei Robert. Im Anschluss fuhren wir noch bei Ivona und Olga vorbei. Beide waren nicht da und so parkten wir wieder in der Brüderstraße, um auf sie zu warten.

Kurz darauf steig Ivona aus einem Volvo Kombi. Mit der Lichthupe blinkten wir sie an und sie kam zum Wagen.

„Ah, ich dachte schon, euch gibt's gar nicht mehr. Olga ist leider krank."

Sie gab uns das Geld, als auch schon die nächste Familienkutsche, ein Passat Kombi mit Kindersitz auf der Rückbank, einige Meter entfernt hielt.

„Entschuldigung, das Geschäft ruft", lachte sie und stöckelte über die Straße zum nächsten Freier.

„Hast du das mit der Blonden und Oxana geklärt?", fragte Juri mich, als wir wieder in der Wohnung waren.

„Ja, Jasmin weiß Bescheid, was Sache ist und mit Oxana habe ich auch geredet. Ich wollte sie demnächst sowieso besuchen, wenn es hier ein bisschen ruhiger geworden ist."

„Das wäre gut. Sie liebt dich, das weißt du?"

„Ich weiß, Juri, ich weiß. Und ich liebe sie auch. Mehr als du dir vorstellen kannst."

Nach der Pleite mit Sami suchte ich weiter nach geeigneten Gesellschaften, die zu verkaufen waren. In einer großen deutschen Tageszeitung stieß ich auf eine Anzeige aus dem Raum Frankfurt am Main. Ich rief den Anbieter direkt an, um mehr Informationen zu erhalten. Aber der Verkäufer hielt sich sehr bedeckt. Infos wollte er nur im persönlichen Gespräch herausgeben, also verabredeten wir uns für den Nachmittag in der Nähe des Frankfurter Hauptbahnhofs. Wieder ging es auf die Autobahn.

In Frankfurt erwartete mich ein ca. vierzigjähriger, schlanker Mann, leger gekleidet, der direkt zur Sache kam. Seine Gesellschaft stünde zum Verkauf. Es handelte sich um ein Unternehmen aus der Werbebranche. Als er mir allerdings seine Kaufpreisvorstellung nannte, blieb mir fast die Luft weg. Einhunderttausend Euro wollte er für den reinen Gesellschaftsmantel, ohne Kunden, ohne Büro und ohne sonstige Vermögenswerte haben.

„Verraten Sie mir, wie Sie auf hunderttausend Euro kommen?"

„Naja, die Firma hat einen guten Namen. Und Sie wissen schon, dass die ja auch immerhin fünf Jahre alt ist. Und ich hab damals bei der Gründung ja schon fünfundzwanzigtausend Euro bezahlen müssen."

„Also bei dieser abstrusen Kaufpreisvorstellung kommen wir nicht ins Geschäft, das kann ich Ihnen gleich sagen. Ich wäre wohl bereit, dafür fünfzehntausend, maximal zwanzigtausend Euro zu zahlen. Aber mehr gebe ich dafür definitiv nicht aus. Und mehr werden Sie dafür auch niemals bekommen. Das ist ja utopisch."

„Letzte Woche war jemand da, der sie haben wollte. Für den Preis."

„Und warum hat er sie dann doch nicht genommen"?

„Er versucht noch, das Geld zusammen zu bekommen."

„Sie müssen da auch nur dran glauben. Also, überlegen Sie es sich. Zwanzigtausend bei direkter Abwicklung."

Enttäuscht fuhr ich nach Hause zurück. Diesen Termin hätte ich mir auch sparen können. War denn momentan nur Müll im Umlauf? Ich versuchte es noch einmal bei von Ritzenholtz, ob er vielleicht etwas Gutes für mich hatte. Aber auch er hatte nichts auf Lager und suchte selbst händeringend.

Im Internet stieß ich am nächsten Tag auf einen Anbieter aus Köln. Als ich ihn anrief, klang er sehr seriös, gab auch gleich richtige und gute Informationen am Telefon. Ich merkte schnell, dass ich hier einen Profi vor mir hatte. Ich erklärte ihm, was ich brauchte und er sicherte mir zu, mir umgehend ein Angebot zu mailen, das auch schon kurz darauf einging. Die Preise waren in Ordnung und es gab auch die Möglichkeit, dass ein Geschäftsführer gestellt wurde. Herr Korn, mein Gesprächspartner, schrieb aber gleich dazu, dass dieser Geschäftsführer keine Autoverträge unterzeichnen würde. Anscheinend hatte Korn schon einmal schlechte Erfahrungen mit so einer Sache gemacht. Aber diesbezüglich hatte ich schon eine Idee. Zum Notartermin, den ich gleich für den folgenden Tag vereinbarte, nahm ich Sänger mit. Dieser sollte Prokura erhalten, das bedeutete, dass nur die Bonität und die Auskünfte des von Korn gestellten Geschäftsführers geprüft werden würden, Sänger die

Leasingverträge aber rechtsverbindlich unterzeichnen konnte, ohne dass der neu eingesetzte Geschäftsführer davon etwas mitbekam.

Der Notartermin funktionierte reibungslos. Insgesamt war ich von der professionellen Abwicklung sehr positiv beindruckt. Sänger hatte seine Prokura bekommen und nun konnten wir mit den Bestellungen für die Germania-Cement GmbH loslegen. Von Köln aus, wo der Termin stattgefunden hatte, ging es mit Sänger direkt nach Magdeburg. Ich übergab Noack alle Unterlagen und die achthundert Euro, die er mir beim letzten Besuch hatte leihen müssen. Mit den Unterlagen und der Prokura-Regelung war er sehr glücklich. Er meinte, die Gesellschaft wäre so bonitätsstark, dass wir direkt auf die Zusagen würden warten können. Knappe zwei Stunden später hatte Noack die Leasingzusagen für insgesamt sechsundzwanzig Fahrzeuge, die Sänger sofort alle unterzeichnete. Im Stillen zählte ich schon die Taler, die am nächsten Tag wieder klimpern würden. Noack versprach mir, die Wagen bis zum nächsten Tag mittags zugelassen zu haben. Mit Sänger zusammen ging es wieder Richtung Hannover. Von unterwegs rief ich Sergej an, der mir glücklicherweise die entsprechenden Fahrer zusagen konnte. Und auch für die gestohlenen Wagen würde ich noch weitere Fahrer brauchen. Thomas hatte auch schon wieder zehn BMW auf Halde stehen, die wegmussten. Auch hierfür hatte Sergej die notwendigen Fahrer.

In Höhe Braunschweig meldete sich Dr. Jung bei mir. Der Staatsanwalt hatte die Kaution für Ingos Freilassung auf zwanzigtausend Euro festgesetzt. Ich sagte ihm zu, später noch in seiner Kanzlei vorbeizukommen und ihm das Geld zu übergeben.

Mit einer Sporttasche holte ich Juris Anteil der letzten zwei Wochen aus dem Schließfach. Bargeld kann teilweise sogar recht unhandlich sein, wenn die Mengen zu groß werden. Anschließend übergab ich dem Anwalt Dr. Jung das Kautionsgeld. Damit konnte ich mir sicher sein, dass Ingo keine Aussage machte und dichthielt. Mir war schleierhaft, dass die Polizei noch

nicht mitbekommen hatte, dass täglich in Hannover BMWs verschwanden und dass sie die Routine darin noch nicht erkannt hatten. Naja, umso besser für uns.

Nachdem ich Sänger am Steintor abgesetzt hatte, ging es weiter zu Jasmin und Lena. Ich hatte wieder mal Lust auf etwas Spaß. Auf mein Klingeln hin öffnete Lena mir die Tür. Als sie mich sah, bekam sie rote Ohren und traute sich nicht, mir in die Augen zu schauen. Lena war mir schon so eine Marke. An einem Tag vergewaltigte sie mich richtiggehend und am anderen Tag konnte sie mich vor Scham gar nicht richtig ansprechen.
„Hallo Tom", meinte sie kleinlaut, „komm doch rein."
Sie verschwand im Wohnzimmer, wo ich Gizmo bellen hörte.
Jasmin war im Schlafzimmer.
„Entschuldigung, ich bin auf der Suche nach so einer hübschen sexy Frau. Haben Sie die vielleicht gesehen?"
„Hm, da muss ich wohl mal gucken."
„Suchen Sie doch mal unter Ihren Kleidern, vielleicht hat die sich ja da versteckt?"
Jasmin blickte in ihren Ausschnitt. „Ja, da ist so eine Frau mit ziemlich geilen Möpsen".
„Oh, darf ich mal sehen, ob das die richtigen sind?"
Jasmin hob ihr T-Shirt an. Darunter trug sie keinen BH.
„Und?"
„Das sind die Richtigen! Welch Glück!"
Ich nahm Jasmin in den Arm und küsste sie. Nach dem Sex erzählte ich ihr, dass ich am nächsten Tag wieder nach Berlin musste und fragte sie, ob sie mitkommen wollte. Ich hatte mich schon richtig daran gewöhnt, nicht mehr alleine nach Berlin zu müssen. Sie freute sich auf die Fahrt und wir verabredeten, dass ich sie am nächsten Tag anrufen würde. Beim Rausgehen winkte ich Lena zu, die schüchtern zurückwinkte. Aus der musste ich auch erstmal schlau werden.

Mit Juri machte ich die Abrechnung und übergab ihm seinen Anteil. Ich erzählte ihm von dem Deal und er war begeistert. Er rief direkt bei Vitali an und klärte, dass am nächsten Abend das Geld für die ganzen Fahrzeuge vorhanden war. Treffpunkt war wieder der Venus-Markt-Parkplatz in Berlin.

Um neun Uhr am nächsten Morgen holte ich mit Sänger die ersten Pakete von der Postfachfirma ab. Unsere neuen Laptops waren gekommen. Wir verstauten die ganzen Pakete in Juris E-Klasse. Einen Laptop gab ich Sänger zur Belohnung, über den er sich sehr freute. Die anderen brachte ich alle in die Lagerhalle am Bartweg. Juri hatte abends noch mit Robert gesprochen und der war an der Abnahme der ganzen Lieferung Elektronik sehr interessiert. Ich musste nur zusehen, dass bis dahin die BMWs alle aus der Halle verschwunden waren, denn von unserem Autogeschäft sollte Robert nichts mitbekommen.

Ich holte Jasmin ab. In der City von Hannover gingen wir beim Block-House noch ein leckeres Steak essen. Jasmin lachte nur, als ich das große Rib-Eye extra blutig bestellte.
„Na, Eiweiß für heute Nacht tanken?"

Bei Peek & Cloppenburg, einem Geschäft für hochwertige Mode, kaufte ich mir ein paar Hemden. Jasmin bekam auch ein neues sexy Outfit. Am Steintor entdeckte ich in einem Handygeschäft zwei extravagante Nokia-Handys, die mit Kristallen besetzt waren. Da Jasmin nur ein altes Samsung-Klapphandy hatte, kaufte ich ihr kurzerhand eins davon. In ihrem Lächeln konnte ich lesen, dass mir wieder eine sehr anstrengende, aber schöne Nacht bevorstand.

Langsam machte ich mich auf den Weg zur Halle. Sergejs Fahrer waren alle schon da und mit den zehn gestohlenen BMWs machten wir uns auf den Weg nach Magdeburg. Auch hier waren Sergejs Leute schon vor Ort. Zu den zehn Wagen aus Hannover kamen jetzt noch sechsundzwanzig BMW X5. Die Kolonne, die sich hinter mir bildete sah aus, wie ein Betriebsausflug der Bayrischen Motorenwerke.

Alles lief wie gehabt. Vitali erwartete uns und diesmal bekam ich sogar zwei Tüten mit Geld. Ich zahlte Sergejs Leute aus. Wie erwartet, wollte Vitali noch etwas mit mir unternehmen. Diesmal konnte ich nicht absagen, denn ich hatte ihn schon beim letzten Mal hängen lassen und ich wollte ihn nicht beleidigen, indem ich ihn andauernd versetzte. Also stellte ich ihm Jasmin vor. Vitali

war hingerissen von ihr, nahm ihr Hand und küsste sie wie ein Gentleman der alten Schule. Dann fragte er, ob wir ein Problem damit hätten, in die LaLunaBar zu gehen, aber Jasmin hatte nichts dagegen, ich sowieso nicht und so machten wir uns auf zum Kudamm. Es war Jasmins erster Besuch in solch einem Etablissement und sie schien es sehr zu genießen. Geschickt hantierte sie mit ihren Dollars, die bündelweise auf dem Tisch lagen, und die Tänzerinnen fanden es scheinbar auch sehr spannend, für eine Frau zu tanzen. Ich hatte bei der Sache mit Lena und Jasmin schon mitbekommen, dass Jasmin wohl auch Frauen nicht abgeneigt war.

„Du, ich würde auch gern mal hier an der Stange tanzen. Geht das?"

Ich dachte, ich hörte nicht richtig.

„Willst du hier etwa strippen?"

„Wieso nicht? Hier kennt mich doch keiner. Ich wollte sowas schon immer mal machen. Vitali, darf ich?"

Mit hundeähnlichen Augen guckte sie ihn an. Was ich dazu sagte, interessierte sie anscheinend gar nicht. Und wenn ich ehrlich bin, mein Adrenalin floss schon, auch bedingt durch den Alkohol, recht scharf durch den Körper. Ich wusste ja, dass sie eine exhibitionistische Ader hatte, das hatte sie mir, als wir auf dem Balkon und im Park-Hotel Sex hatten, deutlich gezeigt. Wieso nicht? Sollten sie doch ruhig alle sehen, was ich später am Abend noch ficken würde.

Vitali lachte schallend. „Da musst du Tom fragen. Von mir aus tanz schöne Frau, tanz!"

„Tom? Bitte, darf ich?"

Ich sah zu Vitali rüber. „Wenn du ihr einen Dollar zusteckst, brech ich dir die Finger!"

Seine Antwort bestand wieder nur aus einem Lachen.

Der winkte Yvonne, eine der Tänzerinnen zu sich.

„Zeig Jasmin mal, wo sie sich umziehen kann."

Yvonne nahm Jasmin an der Hand und beide verschwanden hinter einem der Vorhänge.

„Was hast du da für ein scharfes Luder? Wenn die nicht mit dir hier wäre....uiuiui!"

Das Licht wurde gedämpft, sofern das überhaupt noch ging und die Musik wurde etwas lauter gestellt.

„Meine Herren, heute zum ersten und einzigen Mal auf unserer Showbühne hier in der LaLunaBar: Jasmin!"

Jasmin erschien, nur in einem knappen BH und einem Höschen bekleidet. Dazu hatte sie knielange Lackstiefel in schwarz an. Die Sachen kannte ich gar nicht von ihr, sie musste sie sich von Yvonne geliehen haben.

Lasziv räkelte sie sich an der Stange, tanzte langsam zur Musik, bewegte sich anmutig, dass sogar mir die Worte fehlten.

Gekonnt hakte sie den BH hinten auf, hielt ihn aber noch mit beiden Händen vorn vor ihre Brüste, dann schob sie ihn langsam hoch, dass man die Unterseite ihrer Brüste sehen konnte. Bevor die Brustwarzen ganz zu sehen waren, bedeckte sie ihre Brüste wieder und spielte mit der Geilheit der Zuschauer, die heute ausnahmsweise, weil Messe war, reichlich vorhanden waren. Man konnte sehen, dass Jasmin ihren Auftritt genoss.

Plötzlich riss sie sich den BH richtiggehend vom Körper und ihre prallen Titten stachen in den Raum hervor.

Langsam kam sie tanzend auf unseren Tisch zu und schwenkte den BH über ihrem Kopf, bis sie ihn vor uns auf den Tisch warf. Sie krabbelte auf den Tisch. Wie eine kleine Katze kroch sie auf allen Vieren in meine Richtung, nahm ihre Brüste und hielt sie mir auffordernd hin. Ich nahm einen Dollar vom Tisch und steckte ihn ihr in ihre Brustspalte. Dabei sah ich das Funkeln in ihren Augen. Mir war klar, wie sehr sie die ganze Nummer erregte.

Sie sprang aus der Raubtierposition auf die Knie und dann stand sie auf unserem Tisch in ihren geilen Stiefeln und ihrem knappen Höschen.

Sie drehte sich so, dass Vitali ihr Hinterteil bewundern konnte. Dann beugte sie sich vor und zog den String spielerisch hinten runter, ließ ihn dann aber wieder zurückschnellen. Vitalis Augen hingen gebannt auf ihrem Po. Wieder begann sie damit, ihn runterzuziehen, wieder ließ sie ihn los, als er fast über die Rundung hinweg war und wieder schnippte er zurück.

„Na, willst du meine Muschi sehen?", fragte sie ihn. Der konnte nur nicken.

Breitbeinig ließ sie sich vor ihm auf die Knie runter und schob ihren String mit den Fingern ein wenig nach rechts. Sie gewährte ihm einen kompletten Ausblick dahin, wo ich immer gern an ihr spielte.

„Ich glaube, es wird Zeit für einen Dollar, Schätzchen", gurrte sie ihm ins Ohr. Sofort steckte er ihr einen Dollar in das Gummi des Strings.

„So geizig heute?" Sie kraulte ihn unterm Kinn und sah ihm tief in die Augen.

Vitali packte einen ganzen Stapel Dollarscheine und stopfte sie ihr in das Höschen.

„Siehst du, geht doch."

Es war unglaublich. Jasmin genoss es richtiggehend, für ihren Auftritt mit den falschen Dollarnoten bezahlt zu werden. Mich machte dieses Schlampige an ihr richtig an. Ich merkte, wie ich hart wurde.

Sie steckte die Dollar in die Stiefel. Das bedeutete wohl, dass sie wirklich aufs Ganze ging. Eigentlich hätte es mich stören müssen, dass sie diesen ganzen Fremden, notgeilen Typen und meinen Geschäftspartnern, die nicht mindern notgeil waren, ihre Titten beziehungsweise ihre blanke Muschi zeigte, aber auf der anderen Seite machte mich das Ganze total scharf.

Sie steckte rechts und links einen Finger unter das Bändchen ihres Slips und dann zog sie ihn langsam herunter, bis sie splitternackt vor uns stand.

Mit den Händen streichelte sie ihren Po, ihre Beine, bis zu den Stiefeln runter. Sie sprang vom Tisch und ging zum Separee nebenan, in dem einige Geschäftsleute saßen. Auch hier bot sie eine irre Show, tanzte und ließ sich Geld in die Stiefel und zwischen die Brüste stecken.

In mir hegte sich der leise Verdacht, dass sie sowas schon öfter gemacht hatte, aber sie hatte mir, als wir in die LaLunaBar gingen klar gesagt, wie aufregend sie das fände, weil sie noch nie in so einem Lokal gewesen sei. Vielleicht hatte sie einfach nur ein Naturtalent, was diese schmutzigen Dinge anging.

Nach dem dritten Lied ging sie, noch immer komplett nackt aber die Lackstiefel voller Scheine, durch den ganzen Laden hinter die Bühne. Applaus brandete bei ihrem Abgang auf. Ich war stolz und Vitali guckte mich bewundernd an.

„Mein Freund, du wärst ein dummer Mann wenn du diese Frau irgendwann abschießen würdest. Auf der Straße bringt die Millionen ein. Und sei mir nicht böse wegen den Dollars. Sie hat mich erpresst." Wieder lachte er und ich konnte ihm nicht böse sein, im Gegenteil, ich genoss seine Anerkennung.

Mit roten Bäckchen kam Jasmin wieder an den Tisch, vollständig bekleidet, als wäre sie nur mal schnell zur Toilette gegangen. Sie legte die Dollars vor Juri hin und grinste.
„Zahlst du mich jetzt aus?"
Juri lachte wieder sein kehliges Lachen. Er griff in die Tasche, holte einen Fünfhunderteuroschein heraus und legte ihn vor Jasmin hin.
„Das war es wert. Glaub mir. Du bist jederzeit eingeladen, das hier zu wiederholen. Die Bühne in der LaLunaBar gehört dir Schätzchen, wann immer du willst! Möchtest du auf den Auftritt ein Näschen?"
„Au ja, das kann ich jetzt brauchen."
„Tom, kommst du auch mit?"
Gemeinsam gingen wir hinter die Bar und Juri legte jedem von uns zwei Lines. Erst war Jasmin an der Reihe, schließlich waren wir Gentlemen. Als ich zog, breite sich in meinem Rachen ein medizinischer Geschmack aus. In der Nase kribbelte es und ich musste ein paarmal schlucken, um den Hals halbwegs geschmacksfrei zu bekommen. Mein Mund wurde langsam taub. Ein seltsames Gefühl, egal wie oft ich es machte. Aber die Party konnte nun richtig weitergehen.

Gemeinsam mit ein paar von Vitalis Freunden entschlossen wir uns, noch in eine Disko zu gehen. Unterwegs hielt ich noch am Hotel, diesmal hatte ich im Adlon am Brandenburger Tor ein Zimmer für uns genommen. Während Jasmin sich umzog, deponierte ich das Geld im Hotelsafe. Mit zwei Taxen ging es in eine unweit entfernte Grossraumdiskothek. Da Vitali die Türsteher kannte, mussten wir nicht einmal warten, sondern konnten direkt an der Schlange vorbei in die Location gehen. Drinnen lief eine irre Lightshow, wummernde Bässe und kräftige Hochtöner lieferten ein grandioses Sounderlebnis. Vitali, zwei seiner Freunde, Jasmin und ich gingen direkt auf die Tanzfläche,

während seine anderen beiden Kumpel einen Tisch und Beschlag nahmen und zwei Flaschen Wodka bestellten. Ausgelassen tanzten wir und besonders Jasmin genoss es. Sie hatte sich total sexy zurechtgemacht und der Kick wegen ihres Auftritts zusammen mit dem Koks tat das Übrige. Aus einer Gruppe Ausländer, anscheinend Türken, löste sich ein aalglatter Typ, Marke Stylo-Meylo, und tanzte vor Jasmin. Er hatte gegeelte Haare, die aussahen, als kämen sie aus der Friteuse, hatte einen von diesen lächerlichen Bartfrisuren, bei denen Muster in den Bart rasiert werden und war ganz in weiß gekleidet. Er schien sich davon, dass Jasmin sich nicht von ihm wegdrehte, weil sie ihn anscheinend gar nicht zu bemerken schien, angesprochen und bestätigt zu fühlen. Ich sah, wie er auf eine absolut widerliche Art seinem Kumpel zuzwinkerte und ekelige Dinge mit seiner Zunge machte. Er kam Jasmin immer näher und näher. Vorsichtshalber bewegte ich mich in ihre Richtung, um gegebenenfalls eingreifen zu können. Der Türke beugte sich zu ihr rüber und fragte sie etwas, aber sie schüttelte zur Antwort nur den Kopf. Er ließ sich von ihrer ablehnenden Haltung aber nicht abschrecken, sondern wurde zudringlicher. Jasmin schubste ihn weg. Schnell ging ich die paar Schritte zu ihr und drängelte mich zwischen die beiden. Der Türke, nun anscheinend in seiner Ehre beleidigt, gab mir einen Stoß gegen die Brust, so dass ich gegen ein anderes Pärchen taumelte. Sie schrie erschrocken auf. Diese kleine Rangelei war nicht ohne beiderseitige Aufmerksamkeit geblieben. Die Gruppen Türken, es mögen sechs an der Zahl gewesen sein, und auch Vitali und seine Freunde setzten sich zeitgleich in Bewegung. Ich lief zu Jasmin, um sie aus dem Getümmel herauszuhalten und zu decken. Vitali war als Erster vor Ort. Er boxte dem Türken, der Jasmin belästigt hatte, direkt ins Gesicht. Innerhalb von Sekunden entstand eine wüste Schlägerei mitten auf der Tanzfläche. Vitali und seine Mannen teilten gut aus, doch auch die anderen waren nicht ohne. Schnell war das erste Blut zu sehen, dass durch den Raum spritzte. Vom Eingang her lief ein gutes halbes Duzend Türsteher zur Tanzfläche. Weil aber die Besucher der Disko zum Ausgang strebten, gab es für die Security-Mitarbeiter kein leichtes Vorankommen. Mit Jasmin war ich hinter einer kleinen Mauer in Deckung gegangen. Plötzlich zog einer der Südländer ein Messer und ging damit auf Vitali los. Ich konnte sehen, dass sich das Licht in der Klinge spiegelte und sich dort brach. Vitali wurde am Arm erwischt. In seiner Wut schlug er mit einem Aufschrei dem Türken seine Faust wie eine Dampframme gegen den Schädel, so dass dieser besinnungslos zu Boden ging. Blut lief aus Vitalis Arm und färbte sein weißes Muskelshirt rot. Er schien erst jetzt zu realisieren, dass er verletzt war. Mittlerweile waren auch die Türsteher am Ort des Geschehens eingetroffen. Aber ohne weitere Verstärkung würde es für sie schwer werden, die Gegner auseinanderzubringen, so sehr waren die Gemüter erhitzt. Zwei der Security-Mitarbeiter wollten sich Vitali von hinten schnappen, aber er schüttelte sie ab, als wären es nur lästige Fliegen. Wieder ging er auf einen der Türken los und erwischte auch diesen mit einem heftigen Schlag mitten im Gesicht. Weitere Türsteher liefen in den Saal und drängelten sich durch die Menge. Die Musik war zwischenzeitlich ausgeschaltet worden und man hörte nur die Schreie von Vitali und das Klatschen, wenn Fäuste auf Knochen trafen. Die restlichen Besucher waren von den Kämpfenden zurückgewichen und bildeten einen großen Kreis um sie. Zwei Leute waren so kaltblütig, dass sie die Schlägerei sogar mit ihren Handys filmten. Mit vereinten Kräften und nachrückender Verstärkung war es den Türstehern gelungen, die Gruppen zu trennen. Vitali und seine Freunde wurden, mit den Armen auf dem Rücken, durch den Notausgang nach draußen getrieben. Die andere Gruppe war durch die Securities isoliert worden. Ein Sicherheitsmann kümmerte sich um den Messerangreifer, der noch immer bewusstlos am Boden lag, und sprach in ein Funkgerät. Jasmin mitziehend, lief ich hinter Vitali her auf die Straße. Er hatte sich immer noch nicht beruhigt. Wütend trat er mehrfach gegen einen Papierkorb. Er brüllte wie ein Stier. In diesem Moment hatte ich richtig Angst vor ihm.

„Diese Hurensöhne, ich ficke ihre Mütter."

Nur langsam regte er sich ab.

Mit dem Taxi ließen wir uns zurück zur LaLunaBar fahren. Nadja, die im Hauptberuf Krankenschwester war und nur nebenbei strippte, verband Vitalis Arm. Zum Glück war es nur eine oberflächliche Verletzung, die er sich zugezogen hatte.

„Denen haben wir aber gut aufs Maul gegeben, was?".
Mittlerweile schien er sich über den Zwischenfall richtiggehend zu freuen.
„Legt der Vogel sich mit mir an mit seinem kleinen Messer. Hah! Hast du gesehen, was ich dem für ein Ding gegeben habe? Irina, hol nochmal Wodka."
Großzügig schenkte er ein und stieß mit Jasmin und mir an.

Nach einer guten Stunde wollten Jasmin und ich uns auf den Weg ins Hotel machen. Der Tag und auch die Nacht waren anstrengend gewesen.
„Dann treibt es mal nicht zu wild heute Abend", zwinkerte Vitali mir zu.
Er nahm Jasmin in seine großen Arme. „Schön, Dich kennengelernt zu haben. Du bist jederzeit in der LaLunaBar willkommen." Er küsste sie links und rechts. Dann kam ich an die Reihe und wurde auch auf beide Wangen geküsst.
„Machs gut Bruder. Bis bald!"

Bedingt durch den Alkohol hatte ich Probleme, im Hotel richtig in Fahrt zu kommen. Jasmin ging ins Bad und kramte in ihrer Schminktasche. Sie hielt mir eine blaue Pille hin.
„Ist es das, was ich denke, was es ist?"
„Ja, die hatte ich das letzte Mal in Polen gekauft."
Ich nahm ihr die Viagra aus der Hand und schluckte sie. Wir kuschelten und küssten uns und nach einer guten halben Stunde merkte ich, wie die Pille wirkte. Gleichzeitig bekam ich Herzklopfen, aber da achtete ich nicht drauf. Ich rollte mich auf Jasmin und fing an. Zuerst langsam, dann immer schneller. Kurz vor dem Höhepunkt hörte ich auf, drehte sie auf den Bauch und machte weiter. Wieder stoppte ich kurz, zog sie auf die Knie, ließ aber ihren Oberkörper auf dem Bett aufliegen und kniete mich selbst hinter sie. So kamen wir zum ersten Mal in dieser Nacht. Die Viagra ließ ihn nicht mehr abschwellen, so dass ich fast drei Stunden mit einer Erektion verbrachte, um die Jasmin sich ganz ausführlich und auf verschiedene Arten kümmerte. Als er endlich wieder normal war und ich keinen Tropfen mehr in mir trug, und wir beide geschafft ins Bett fielen, graute schon der Morgen.

Gegen Mittag wachten wir auf. Gemeinsam gingen wir, noch ein wenig wie Zombies aussehend, ins nur wenige Meter entfernte Café Einstein. Ich hatte an Stellen Muskelkater, von denen ich gar nicht wusste, dass sie überhaupt existierten.

Wir waren gerade in Lehrte bei Jasmin vor der Haustür angekommen, als der rote Golf wieder angerast kam. Mit einer Vollbremsung kam er zum stehen. Serkan sprang heraus und lief auf uns zu.
„Du bist ja immer noch mit dem unterwegs. Ich hab dir das verboten!"
Dann kam er auf mich zu, mit seinem Gesicht ganz nah an meinem.
„Hör zu Junge, ich habs dir schon mal gesagt. Lass die Finger von ihr, hörst du! Das ist meine Freundin!"
„Deine Freundin? Serkan, komm mal klar. So wie sie mir jeden Tag einen bläst, ist das bestimmt nicht deine Freundin, sondern eher meine."
Dass das nicht wirklich clever gewesen war, merkte ich in dem Moment, in dem ich es aussprach. Serkan gab mir eine Kopfnuss und der Schmerz explodierte in meinem Gesicht. Direkt und ohne Vorwarnung. Als ich benommen zu Boden ging, trat er mir mehrfach in die Rippen.
„Serkan, hör auf!", schrie Jasmin.
Er ließ von mir ab, ging zu ihr und schlug ihr mit der flachen Hand ins Gesicht.
„Du Schlampe. Du billige Hure. Du Nutte!"
Wieder schlug er zu. Jasmin schrie und weinte und ich konnte nicht eingreifen. Mein Oberkörper brannte da, wo er mir hingetreten hatte, wie Feuer, mein Kopf war durch den Schlag wie betäubt. Serkan griff Jasmin brutal in die Harre und schleifte sie daran zu seinem Wagen.
„Wenn ich sage, du kommst mit, dann kommst du mit, hast du verstanden"?
Weil sie sich wehrt, schlug er sie erneut, wieder klatschte es, als er ihr eine Ohrfeige gab, die ihren Kopf herumriss.
Ich versuchte, auf die Beine zu kommen, musste mich aber am Wagen abstützen. Er öffnete die Beifahrertür des Golfs und

schubste Jasmin dort hinein. Dann fuhr er mit quietschenden Reifen los.

Ich ging davon aus, dass er Jasmin in die ehemals gemeinsame Wohnung fuhr, aus der Jasmin ausgezogen war. Wut packte mich. Das war jetzt das zweite Mal, dass er mich verletzt hatte. Er musste einen Denkzettel bekommen, damit er merkte, dass er so mit mir und mit Jasmin nicht mehr umgehen konnte.

Ich rief Sergej und bat ihn, mir zwei seiner Leute zu schicken, um jemandem etwas unmissverständlich klar zu machen. Da Sergej zufälligerweise sogar selbst mit seinen beiden Brüdern in der Nähe war, versprach er, sich umgehend mit mir im Amselweg, wo die Wohnung von Serkan war, zu treffen.

Nicht einmal eine Viertelstunde später stiegen die drei polnischen Brüder, allesamt Brecher um die hundertfünfzig Kilo, aus ihrem Wagen. Schnell erklärte ich die Situation und was ich von ihnen wollte. Ich gab Sergej zweitausend Euro. Das war mir die Sache allemal wert. Aber Sergej lehnte ab.

„Das, was diese Junge gemacht nix gutt. Du immer gutt zu mir, jetzt wir dir helfe."

Sergej und seine Brüder gingen vor und klingelten bei Serkan. Wir wussten, dass er zu Hause war, weil sein Wagen vor dem Haus geparkt stand. Niemand öffnete. Sergej hämmerte gegen Serkans Wohnungstür im 2. Stock. Wieder keine Reaktion. Drinnen hörte ich Jasmin weinen. Ich gab Gregor, Sergejs älterem Bruder, einem Hünen mit Glatze und einem brutalen Ausdruck auf dem Gesicht, den Auftrag, die Tür einzutreten. Bereits nach dem zweiten Tritt gegen das Türblatt flog sie auf. Gemeinsam stürmten wir in die Wohnung. Jasmin lag auf dem Bett, sie weinte und ihre Kleidung war zerrissen. Sie sah aus, als wäre sie von Serkan vergewaltigt worden. Sie zitterte und ihre Schminke war komplett verschmiert. Serkan stürzte mit einem großen Messer bewaffnet aus der Küche. Als er Sergej, Gregor und Elvis, den dritten Bruder, sah, war er verwirrt. Er hatte wohl nur mit mir allein gerechnet. Ich fragte Jasmin, ob bei ihr alles in Ordnung sei. Sie weinte noch immer. Dann stammelte sie und bestätigte meine Vermutung: Serkan, das Schwein, hatte sie vergewaltigt.

Ich gab Gregor ein Zeichen und er schlug Serkan, der noch etwas Abstand zu den drei Brechern hatte, das Messer aus der Hand. Serkan wich an die Wand zurück. Ich winkte Sergej zu mir und besprach mit ihm meinen Plan. Er gab einen kurzen Befehl auf Polnisch und Gregor und Elvis packten sich Serkan und zerrten ihn aus der Wohnung in ihren großen Audi, den sie vor der Tür geparkt hatten. Jedes Mal, wenn Serkan sich wehrte, schlugen sie ihn. Ich nahm Jasmin in den Arm.

„Keine Angst Kleine, Serkan bekommt jetzt seine Strafe."

Sie nickte nur abwesend. Ich wickelte sie in eine Decke, die auf dem Sofa lag und folgte den anderen mit Jasmin im Arm.

Wir fuhren mit Serkan in ein Waldgebiet bei Steinwedel. Gregor und Elvis, ein ganz komischer Typ, den ich bisher nicht kennengelernt hatte, stiegen mit ihrem Opfer aus dem A8. Gregor hatte einen Baseballschläger dabei. Wir folgen den drei Brüdern in den Wald. Gut hundert Meter von der Straße entfernt zwangen sie Serkan, sich auszuziehen. Gregor band ihn mit dem Rücken an einem Baum fest. Dann trat ich auf ihn zu.

„Gut Serkan, damit du es jetzt endgültig begreifst. Jasmin ist für Dich gestorben. Du wirst sie nie wieder ansprechen, anrufen, abfangen oder gar ansehen. Sind wir uns einig?"

Serkan guckte mich hasserfüllt an.

„Ob du das verstanden hast, habe ich Dich gefragt", brüllte ich.

Serkan nickte nur.

„Dann möchte ich, dass du Dich jetzt entschuldigst. Bei ihr und bei mir."

„Tschuldigung", presste er zwischen den Zähnen hervor. Dabei blitzten seine Augen. Ich hatte mir gerade einen Feind fürs Leben gemacht.

„Noch mal bitte, ich konnte das gerade nicht richtig verstehen!"

„Es tut mir leid!" Hasserfüllt sah er zu mir auf.

„Das war doch schon mal ein guter erster Schritt. Jasmin, reicht dir das"?

„Nein! Er hat mich vergewaltigt. Er muss bestraft werden!"

Auch sie war voller Hass, aber auf ihn. Er hatte sie an der Stelle gekränkt, an der Frauen am empfindlichsten waren. Ihre Augen glitzerten kalt, eine Träne lief ihr die Wange herab.

Elvis mischte sich ein, der nur sehr gebrochen Deutsch sprach:

„Ich geben diese Mann Strafe. Gleiche Strafe wie er hat gemacht bei dir."

Er löste die Fesseln von Serkan, drehte ihn um, dass er mit dem Bauch gegen den Baum stand und fesselte ihn abermals, so dass er nicht flüchten konnte. Was dann passierte, konnte ich nicht glauben. Elvis öffnete seine Hose, zog Serkans Hintern auseinander und drang von hinten in Serkan ein. Serkan schrie und jammerte, er wand sich, aber das interessierte Elvis nicht im Geringsten. Er ergoss sich in Serkan, dann knöpfte er seine Hose wieder zu, als sei nichts gewesen. Er löste Serkans Fesseln und lächelte ihn an.

„Bist du arschgefickt!" Dann lachte er Serkan aus.

Gregor, der am besten von den Dreien Deutsch konnte, sprach das Häuflein Elend, das vorher einmal Serkan gewesen war und das jetzt auf dem Waldboden saß und weinte, an.

„Wenn unser Freund uns noch einmal anrufen muss, dann wirst du dir wünschen, niemals geboren zu sein. Verstanden?"

Serkan nickte wie paralysiert. Gregor warf ihm seine Sachen hin und er zog sie an.

Wir fuhren zurück nach Lehrte. Serkan musste geschändet zu Fuß den Heimweg nach Lehrte antreten.

Ich fuhr mit Jasmin zu ihr.

„Wie geht's dir? Ist alles in Ordnung bei dir"?

„Jaja, geht schon wieder. Ist ok." Sie beugte sich zu mir rüber und küsste mich. Dann fing sie wieder an zu weinen.

„Kannst du heute Nacht bei mir bleiben?", bat sie mich.

„Natürlich. Ich pass auf Dich auf. Keine Angst!"

„Ich hätte niemals gedacht, dass er mir sowas antun könnte. Dieses Schwein!"

„Er hat seine gerechte Strafe bekommen, oder findest du nicht?"

„Ja, das hat er. Dann weiß er wenigstens wie das ist. Ich will jetzt nur noch unter die Dusche. Ich fühle mich so schmutzig."

Wir hielten vor ihrer Wohnung. Ich nahm das Gepäck und die Geldtüten und trug alles nach oben. Jasmin verschwand sofort im Bad und ich hörte, wie sie sich übergab. Danach ging die Dusche an. Nach über zwanzig Minuten kam sie wieder heraus, ein bisschen frischer aussehend und durch das heiße Wasser hatte sie rote Bäckchen bekommen.

„Ich gehe ins Bett. Kommst du bitte mit mir?"
Wir legten uns ins Bett und ich nahm sie in den Arm. Wieder fing sie an zu weinen. Im Bad hing ein Medizinschrank, aus dem ich zwei Schlaftabletten holte und sie ihr gab. Sie schlief auch erstaunlich schnell ein, nur bei mir konnte sich der Schlaf nicht einstellen. Zu viel war in der kurzen Zeit passiert. Bilder von Serkan, am Baum angebunden, aber auch von Sami in seinem Schlafzimmer gingen mir durch den Kopf. Ob man ihn mittlerweile gefunden hatte oder ob er immer noch vor dem Schrank, echt Eiche rustikal, lag? Wie würde es Serkan heute Nacht ergehen? Wäre die Sache jetzt damit ausgestanden oder würde es jetzt Krieg geben? Über diese Gedanken fiel ich in einen unruhigen Schlaf. Erst das Klimpern von Schlüsseln weckte mich wieder auf. Lena war nach Hause gekommen. Ich sah auf die Uhr. Kurz nach halb elf abends. Leise stand ich auf und ging zu ihr, um ihr zu sagen, was Jasmin heute passiert war. Sie war erstaunt, mich zu sehen. Natürlich war sie über das heutige Geschehen mehr als erschrocken. Aber als ich ihr erzählte, welche Strafe Serkan bekommen hatte, schlug sie sich mit der Hand vor den Mund.
„Das habt ihr gemacht?", fragte sie ungläubig.
„Ja. Und es war notwendig."
Sie dachte kurz über meinen letzten Satz nach. Dann nickte sie.
„Du hast recht."
Ich ging wieder ins Bett zu Jasmin. Lena blieb nachdenklich auf der Couch sitzen.

Jasmins Stimmung hatte sich am nächsten Morgen bereits gebessert. Sie hatte den ersten Schock der gestrigen Ereignisse scheinbar gut überstanden. Trotzdem wollte ich, dass sie an diesem Tag im Bett blieb. Ich musste kurz zur Bank fahren, um das Geld, das sich immer noch in den beiden Plastiktüten befand und das jetzt ins Jasmins Zimmer in der Ecke stand, als wäre es Altpapier, in den Safe bringen. Bevor ich fuhr, machte ich Jasmin ein kleines Frühstück, das ich ihr am Bett servierte. Sie sah mich liebevoll an.
„Du bist so gut zu mir."
„Das hast du dir ja auch verdient."

Ich küsste sie. Solange ich weg war, wollte Lena sich um sie kümmern und ihr ein bisschen beistehen.

Ich brachte die beiden Tüten zur Bank. Es war mittlerweile notwendig geworden, ein zweites Schließfach anzumieten, denn das erste war mittlerweile voll mit Geld. Im Anschluss fuhr ich zurück nach Lehrte. Lena hatte Jasmin eine weitere Tablette gegeben und nun schlief sie. Schlafen war jetzt sowieso die beste Medizin.
„Mach du erstmal deine Termine und komm heute Abend wieder vorbei. Ich passe schon auf sie auf und hab das hier im Griff."

Bei der Postfachfirma waren ein paar Briefe und ein weiteres Paket eingegangen. Mit Sänger traf ich mich dort vor der Tür. Ein großes schwedisches Möbelhaus hatte der Juventus GmbH ein Limit von achttausend Euro für Möbel eingerichtet. Da meine Möbel alle von Emine Fuchs kamen und Juri auch entsprechend eingerichtet war, war das sicherlich etwas für Robert. Ich rief in seinem Club an und besprach das mit ihm. Er bot ohne langes Diskutieren eine Summe von viertausend Euro in bar, womit ich mich einverstanden erklärte. Ich würde mich gleich auf dem Weg zu ihm machen.

Bei dem Paket handelte es sich um einen Beamer, den ich für meine neue Wohnung haben wollte. Die anderen Briefe waren, bis auf einen, alle Werbung. Aber dieser eine Brief hatte es in sich: von Ritzenholtz hatte uns den Tipp gegeben, die Rechnungen für die Autos alle beim Finanzamt einzureichen, um die Mehrwertsteuer, die wir zahlen mussten, zurück zu bekommen. Da wir ja als Firma einreichten, hatten wir einen Anspruch darauf, die bezahlte Mehrwertsteuer vom Finanzamt zurück zu bekommen. Und bei den finanzierten Fahrzeugen galt die Mehrwertsteuer als bezahlt, obwohl wir selbst gar keine Überweisung ans Finanzamt geschickt hatten, sondern das alles von den Leasing- und Finanzierungsgesellschaften bezahlt worden war. Kurzum: Wir hatten bei der Steuer ein Guthaben von über einhundertfünfzigtausend Euro. Und das Finanzamt schrieb, dass sie das Geld in den nächsten Tagen an uns überweisen würden. Sehr schön, der Tag hatte sich schon wieder gelohnt. Sänger bekam von mir zweihundert Euro in die Hand gedrückt für die Abholung von Karte und Beamer. Da ich sowieso kurz zum Steintor wollte, um Robert die Einkaufskarte zu bringen, nahm ich Sänger direkt mit. So würden die zweihundert Euro bald wieder in Roberts Kasse kommen, denn Sänger wollte das Geld direkt wieder an die Frau bringen. So ein sexgeiler Freak!

Heute war Juri mit der Fahrt nach Berlin an der Reihe. Thomas hatte aktuell sechs Wagen da, die überführt werden mussten. Noack rief gerade in dem Moment an, als Sänger aus meinem Wagen steigen wollte. Auf die Germania-Cement GmbH, die ich in Köln von Korn gekauft hatte, hatte er durch unseren Prokura-Trick bei einer Leasing- und Finanzierungsbank aus Mönchengladbach insgesamt drei Vierzigtonner-LKWs samt Aufliegern durchbekommen. Pro LKW gab es eine Provision von fünfundzwanzigtausend Euro. Noack war wirklich ein Zauberer! Auch im Verkauf an Vitali dürften die einiges bringen. Als ich Vitali anrief und ihm das erzählte, war er hellauf begeistert. Ich sagte Noack zu, sofort zu ihm zu kommen. Sänger stieg wieder ein und gleich ging es los gen Magdeburg. Seine Triebe musste er noch etwas im Zaum halten, dann ging die nächste Runde auf mich.

Noack hatte in der Zeit, die wir bis nach Magdeburg brauchten, noch weiter geforscht und angefragt. Als wir ankamen, war die Germania Cement GmbH stolzer Besitzer von acht Mercedes S-Klassen. Und als ganz besondere Überraschung hatte er einen Ferrari F430 finanziert bekommen. Alleine die heutigen Abschlüsse brachten uns nur von Noack eine Gesamtprovision von über einhundertsechzigtausend Euro ein.

Sänger unterzeichnete auch diese Verträge ohne irgendwelche Fragen oder Diskussionen. Ich gab ihm noch einmal fünfhundert Euro. Als wir nach Hannover zurückfuhren, wollte er wieder am Steintor raus gelassen werden. Jetzt konnte er sich einiges an Nutten und Koks besorgen.

Ich hatte bei „Il Peperone", meinem Lieblingsitaliener in Lehrte angehalten und ein paar Pizzen zum Mitnehmen geordert. Damit kam ich abends bei Jasmin und Lena an. Jasmin war mittlerweile wieder recht guter Dinge, sollte aber noch im Bett bleiben. So guckten wir noch ein bisschen fernsehen und gingen dann recht früh schlafen. Ich rief vom Bad aus bei Sergej an, der mit den sechs gestohlenen BMWs und Juri nach Berlin auf dem Weg zu Vitali war. Er versprach mir, dass am nächsten Tag genug seiner Männer in Magdeburg zur Abholung der Wagen bereitständen.

Als Sergejs Männer seit einer halben Stunde überfällig waren, begann ich mir Gedanken zu machen. Ich stand in Magdeburg, aber niemand war hier, um die Fahrzeuge zu überführen. Bei Sergej und Juri ging niemand ans Telefon und auch bei Vitali sprang nur die Mailbox an. Endlich bekam ich Oleg an den Apparat, bei dem durchgehend besetzt gewesen war.
„Oleg, kannst du mir sagen, wo Sergej ist? Ich warte hier schon die ganze Zeit auf ihn."
„Ich wundere mich auch schon. Niemand ist erreichbar."
„Kannst du mir wen anders schicken? Ich bin in Magdeburg."
„Ja, ich sage gleich Eugen und ein paar Leuten bescheid. Wie viele brauchst du?"
„Zwölf. Drei davon LKW."
„Gut. Die sind in etwa einer Stunde bei dir. Sag mir, wenn du was von den beiden hörst."
„Ich danke dir, Oleg."
Ich war sauer. Bestimmt war Vitali wieder Party machen gewesen und jetzt war niemand erreichbar. Ich hoffe nur, dass er trotzdem rechtzeitig mit dem Geld zum Treffpunkt am Venus-Markt kommen würde.

Knappe neunzig Minuten später war Gregor mit den anderen Fahrern vor Ort. Auch er hatte keine Ahnung, wo sein Bruder stecken konnte. Sofort ließen wir die Fahrer aufsitzen und fuhren Richtung Berlin. Um auf der Autobahn nicht aufzufallen, fuhren die LKW gesondert, denn die durften gerade einmal 80 km/h schnell fahren. Ein Ferrari mit acht S-Klassen im Schlepptau auf der rechten Spur hätte auf jeden Fall Argwohn geweckt.

Ich versuchte weiterhin, Juri, Sergej oder Vitali ans Rohr zu bekommen, wieder ohne Erfolg. Irgendetwas stimmte hier nicht. Ich beschloss, die Wagen in Berlin erst einmal ein paar Straßen vom Treffpunkt entfernt halten zu lassen. Dann fuhr ich allein zum Parkplatz. Still und verlassen lag er da, kein Auto war zu sehen. Auch in der LaLunaBar wusste niemand, wo Vitali steckte. Seit dem Vorabend hatte ihn niemand mehr gesehen. Ich ließ die Autos da parken, wo sie standen, nämlich in einem Parkhaus, einige Straßen vom Venus-Markt entfernt. Die LKW wurden auf eine Autobahnraststätte an der A100 gebracht. Alle Fahrer bekamen ihr Geld und ich fuhr auf dem schnellsten Weg zurück nach Hannover. Von unterwegs rief ich Oxana an, aber auch sie hatte nichts von ihrem Bruder gehört. Auch Oleg war noch ohne Nachricht. Das war nicht gut.

Im Bredero-Hochhaus angekommen, merkte ich dann, was los war. Mein Schlüssel passte nicht mehr für Juris Wohnung. Das Schloss war aufgebohrt und ein neues Schloss war eingesetzt worden. An der Tür klebte ein Dienstsiegel der Polizei. Ich musste sie genau verpasst haben. Sie hatten Juri erwischt! Sofort rief ich bei Oleg an. Kurz darauf trafen wir uns im Leonardo und beratschlagten, was nun zu tun sei. Gleich am nächsten Morgen wollten wir Dr. Jung beauftragen. Mehr konnten wir jetzt erstmal nicht tun.

Dr. Jung empfing uns gleich als erste Mandanten. Ich erzählte ihm die gesamte Situation, ließ nichts aus. Er setzte sich ans Telefon und nach einigem Hin und Her wussten wir, was passiert war. Juri und Vitali waren in Berlin zusammen mit den Kurieren festgenommen worden. Bei einer Routinekontrolle auf dem Parkplatz vom Venus-Markt waren die Kennzeichen aller Fahrzeuge gecheckt worden. Da die sechs BMW aber sehr auffällig zusammengestanden hatten, wurden die Fahrgestell-nummern auch überprüft. Dabei kam natürlich sofort raus, dass mindestens zwei der Wagen gestohlen waren. Die Fahrer, Juri und Vitali wurden festgenommen und bei der Durchsuchung der Wagen fand man dann das Geld in der Tüte. Damit war der Weg in die Untersuchungshaft für alle frei. Nachdem Dr. Jung mit dem zuständigen Staatsanwalt gesprochen hatte, war klar, dass

dieser sich auf keinerlei Kaution einlassen würde. Er vermutete einen groß angelegten Fall hinter der Sache, womit er ja nicht ganz Unrecht hatte. Ich übergab Dr. Jung das geforderte Anwaltshonorar von fünftausend Euro. Nun konnten wir nur noch hoffen.

Mein Problem war nun, dass ich noch immer einen Haufen Autos in Berlin stehen hatte. Die mussten noch weg und dann war Schluss mit der ganzen Sache. Ich beschloss, alles weitere direkt vor Ort in Berlin zu regeln und fuhr sofort los. Für diese Fahrt nahm ich wieder den Lamborghini, um ein bisschen Dampf, Aggressionen und Wut auf der Bahn ablassen zu können.

Die LaLunaBar war noch geschlossen. Ich trieb mich in der Stadt herum, darauf wartend, dass ich mit jemandem in der Bar sprechen konnte. Wir waren zu eingleisig gefahren, das war mir mittlerweile klargeworden. Außer Vitali hatten wir keinen Abnehmer. Ich rief von Ritzenholtz an, aber auch dieser konnte mir bei meinem Problem nicht helfen, empfahl mir aber, die Gesellschaften so schnell wie möglich loszuwerden. Er hätte einen Abnehmer in Slowenien, der die GmbHs übernehmen würde und gleichzeitig bestätigte, dass er alle Fahrzeuge bekommen hätte. Das war wichtig, damit man uns im Fall eines Falles die Verschiebung der Fahrzeuge nicht würde nachweisen können. Zehntausend Euro wollte von Ritzenholtz von mir für die Entsorgung pro Gesellschaft haben. Ich stimmte dem zu und bat ihn, für den nächsten Tag einen Termin bei Angermeyer zu machen.

In der LaLunaBar traf ich Sarah. Sie war eine der Tänzerinnen und die Freundin von Vitali. Ich sprach sie direkt darauf an, dass ich Abnehmer für LKW brauchte. Sie hatte eine Nummer eines Bekannten von Vitali, von dem sie wusste, dass er auch im Autogeschäft tätig sei. Sie rief ihn an und Emin, ein kleiner, dicker Zigeuner, tauchte nur eine knappe Viertelstunde später in der Bar auf. Emin hatte selbst nicht genug Mittel, um den Deal zu machen, wusste aber von zwei Leuten, die dringend auf der Suche nach so etwas waren. Es handelte sich um einen Türken namens Cemil und einen Deutschen namens Klaus. Nach ein wenig herumtelefonieren hatte er die Nummer von Cemil herausbekommen. Ich rief sofort an.

„Efendim?", raunte es mir ins Ohr.

„Ja, ich hätte gern Cemil gesprochen."

„Ich bin dran. Was ist?"

„Ich habe gehört, du hast Interesse an Autos?"

„Von wem hast du das gehört?"

„Von Emin."

„Kenn ich nicht. Wer ist Emin? Egal, was hast du?"

„Drei LKW Vierzigtonner mit Auflieger. Mercedes Actros. Neu. Und acht S-Klassen. Auch neu. Und ein 430er Ferrari."

„Die S-Klassen. Benziner oder Diesel?

„Benziner."

„Benziner sind gut für den Irak. Was willst du haben?"

Ich nannte ihm die Summe.

„Klingt vernünftig. Wo kann ich mir die Sachen angucken?"

Ich nannte ihm die Raststätte an der A100, wo die LKW standen.

„Um fünf Uhr?"

Ich willigte ein. Zwar würde das bedeuten, dass wir die Mercedes-Limousinen raus an die Autobahn bringen mussten, aber mit den LKW hätten wir nicht in die Stadt gekonnt. Das wäre zu auffällig gewesen. Emin wollte mir helfen, die Wagen an die Autobahn zu bringen und er brachte zwei Freunde mit.

Ich war pünktlich da. Die LKW standen zusammen mit den S-Klassen in einer Reihe. Den Lamborghini und den Ferrari hatte ich davor geparkt, damit Cemil gleich merkte, dass ich kein Schwätzer war. Klaus und Cemil kamen in einer E-Klasse, die hinter dem Ferrari parkte. Wir begrüßten uns und musterten uns misstrauisch. Cemil war ungefähr Mitte dreißig, groß und bekleidet mit einer Jogginghose. Klaus hatte lange Haare und trug Jeans und Lederjacke. Ich zeigte den beiden die Wagen.

„Sind die in der Fahndung?"

„Nein, die sind geleast. Die Verträge sind nicht gekündigt, die Wagen sind sauber. Ich habe alle Fahrzeugscheine und Schlüssel."

Hinter Klaus sah ich plötzlich etwas, was mich verwirrte. Ein schwarzgekleideter Mann mit Helm, Schutzweste und Gewehr lief geduckt zu einem LKW, der ein Stück weiter parkte. Hier stank etwas. Auch Klaus und Cemil merkten mein Zögern. Ich lief zum Lamborghini, als auch schon aus allen möglichen Ecken Männer in ähnlicher Montur auf uns zugelaufen kamen.

„Halt! Polizei! Stehenbleiben!"

Ich sprang in den Lamborghini, drehte den Schlüssel und raste auf die Ausfahrt zu. Im Rückspiegel sah ich, wie Klaus und Cemil von den Polizisten überwältigt wurden und auf den Boden gepresst wurden.

Drei Polizeiwagen in Zivil verfolgten mich mit Blaulicht. Gut, dass ich den Lamborghini hatte. Ich schoss von der Raststätte, wechselte sofort auf die linke Spur. Hinter mir hörte ich Bremsen kreischen. Fast wäre mir ein Volvo beim Spurwechsel hinten drauf gefahren. Ich schaltete in den dritten Gang, jagte den Motor auf sechstausend Umdrehungen. Ich drängelte, benutzte die Lichthupe. Doch die Polizei war nicht weit entfernt. Jede kleine Lücke nutzend, überholte ich mal links, mal rechts. Ich hupte, bremste andere Wagen aus. Vor mir war die Spur von zwei sich überholenden LKW blockiert. Ich ging ganz rechts rüber und überholte die Lastwagen auf dem Standstreifen. Mit über 240 km/h raste ich auf der Standspur weiter. Die Polizei war nicht mehr im Rückspiegel zu sehen, ich hatte sie abgehängt. Der rote Lamborghini war jetzt Gift. Auffälliger ging es ja fast nicht mehr. Ich musste den dringend loswerden und mir ein anderes Auto besorgen. Als die nächste Ausfahrt in Sicht kam, schaltete ich runter und bog ab. Dann ließ ich den Motor wieder kommen, um auf der Landstraße weiter zu rasen. Ich musste zuerst einmal von der Autobahn runter, das war jetzt am wichtigsten.

Ich überholte drei Wagen auf einmal. Von vorn sah ich weitere Polizeiwagen auf mich zuschießen. Ich machte eine Vollbremsung, die 355er Reifen bissen sich in den Asphalt. Ich wendete und raste zurück Richtung Autobahn. Die Verfolger, die nun hinter mir waren, konnte ich locker abhängen. Ein Polizeiwagen kam mir entgegen. Es war einer der Zivilwagen, die schon auf der Autobahn hinter mir her gewesen waren. Ich wollte an ihm vorbeiziehen und beschleunigte. Doch plötzlich stellte er sich quer über beide Spuren. Ich versuchte noch, zu bremsen und hinterließ eine breite Bremsspur, doch es reichte nicht. Mit der linken Front des Diablos krachte ich in den Polizei-Mercedes, schob ihn zur Seite. Der Lamborghini, durch den Aufprall schwer beschädigt, und nicht mehr lenkbar, rutschte auf den grasbewachsenen Seitenstreifen und krachte mit der hinteren rechten Seite gegen einen Baum. Durch den Anstoß wurde der Wagen herumgeschleudert und kam dann endlich zum stehen. Ich war benommen, der Hosenträgergurt hatte mir den Brustkorb gequetscht. Ich versuchte, den Sicherheitsgurt zu lösen und aus dem Wagen zu kommen, doch die Tür hatte sich verzogen und ließ sich nicht mehr öffnen. Dann endlich bekam ich sie auf. Alles roch nach Benzin. Mittlerweile waren weitere Polizeiwagen an der Unfallstelle eingetroffen. Sie liefen auf mich zu, ihre Waffen gezogen.

Eine Flucht war sinnlos.

Epilog – 8 Monate später

Nach der notärztlichen Versorgung kam ich in Untersuchungshaft. Sänger, Noack und von Ritzenholtz sind im Laufe der Ermittlungen ebenfalls festgenommen worden, ebenso wie Cemil und Klaus, deren Telefone überwacht worden waren. So war die Polizei uns erst auf die Schliche gekommen.

Nachdem einer von Sergejs Leuten ausgepackt hatte, ist im Bartweg in unserer Halle eine Razzia durchgeführt worden. SEK-Beamte hatten Thomas und Werner mit zwei gestohlenen BMWs erwischt. Auch sie wanderten beide ins Gefängnis.

Beim Prozess war die Liste der Vorwürfe gegen mich lang: Gefährlicher Eingriff in den Straßenverkehr, Mordversuch durch das Rammen des Polizeiwagens (was aber später nur als versuchte schwere Körperverletzung und schwere Sachbeschädigung gewertet wurde), gemeinschaftliche Unterschlagung in vierundachtzig Fällen, Banden- und gewerbsmäßiger Betrug in einundneunzig Fällen, Urkundenfälschung, Warenkreditbetrug, Steuerbetrug (unsere Mehrwertsteuerrückerstattungsmasche), Steuerhinterziehung (weil wir unsere Beute nicht ordnungsgemäß versteuert haben!), Leistungsbetrug (weil ich noch immer arbeitslos gemeldet war und noch Leistungen bezogen habe, was mir gar nicht mehr aufgefallen war), Geldwäsche, Insolvenzverschleppung und Hehlerei.

Der Staatsanwalt hatte acht Jahre für mich gefordert, bekommen habe ich sechseinhalb. Und mir wurde der Führerschein entzogen, was ich jetzt aber nicht so schlimm fand, weil ich die nächsten Jahre eh nur auf irgendwelchen Rücksitzen von Gefängnisbussen fahren würde. Zivilrechtlich haben uns die Leasingbanken auf knappe vier Millionen Euro verklagt.

Der Tresor bei der Plural-Bank wurde durchsucht und der Inhalt sichergestellt und beschlagnahmt. Meine Autos und die sonstigen Wertgegenstände wurden ebenfalls beschlagnahmt und im Rahmen der sogenannten Vermögensabschöpfung für einen Spottpreis versteigert.

Juri bekam fünf Jahre, Sänger und Noack jeweils drei Jahre. Von Ritzenholtz erhielt eine zweijährige Bewährungsstrafe wegen Beihilfe. Vitali ging für fünfeinhalb Jahre ins Gefängnis. Ihm konnte die gefährliche Körperverletzung bei der Diskoschlägerei, bei der der Türke ins Koma gefallen ist, und noch immer liegt, nachgewiesen werden, auch anhand der Handyvideos, die einige Gäste in der Disko gemacht hatten und die im Internet Spitzenklicks erreicht hatten.

Thomas konnte man nur zwei seiner vielen Autodiebstähle nachweisen. Da er aber bereits wegen solch einer Tat vorbestraft war, bekam er zweieinhalb Jahre. Werner wurde freigesprochen, ihm hatte man geglaubt, dass er nur zufällig vor Ort war und von nichts wusste.

Der Todesfall Sami kam nie zur Anklage.

Jasmin hat nie wieder etwas von sich hören lassen. Später erfuhr ich, dass sie wieder mit Serkan zusammen ist. Sie ist hochschwanger. Das Kind könnte von mir sein.

Oxana wartet auf mich. Aber sie wird noch eine ganze Weile warten müssen, bis ich draußen bei ihr sein kann.

Ich habe ein aufregendes Leben geführt. Ein Leben auf der Überholspur – so lange, bis es zum Frontalcrash kam!

* ENDE *

162

Danksagung

Dieses Buch wäre ohne die Hilfe von verschiedenen Personen nicht möglich gewesen. Eventuelle Fehler in den Beschreibungen oder Abläufen sind ausschließlich mein eigenes Verschulden. Sämtliche „perversen Ideen" sind alleine in meinem Kopf entstanden.

Da es sich bei einigen der folgenden Personen um Straftäter handelt, habe ich bei allen aus Diskretionszwecken den Nachnamen verkürzt:

Marcus B.   für Hilfe bei der Veröffentlichung und für viel Einsatz und Betreuung

Silke F.   für Recherchen, die mir nicht möglich waren

„Willy" M.-Z.   für gemeinsames Brainstorming, viele gute Ideen, Recherche und Freundschaft

Jagos S.   Recherche, technische Informationen

Alper T.   für Ratschläge, Ideen, Recherche, Freundschaft

Astrid B.   für Hardware und Unterstützung

Edwin E.   für Hardware-Ausstattung und Beistand

Romeo B.   für Brainstorming, Recherche und gute Ideen

Suna A.   für Recherche, besonders in Hannovers Nachtleben

Tatjana A.   für Testlesen und Verbesserungsvorschläge

Philip W.   für grafische Hilfe

Wenn Ihnen dieses Buch gefallen hat: Weitere Werke von Sebastian Fesser:

Sebastian Fesser
Highspeed Money – Bongwasser

Chillen und kiffen - das sind seine Lieblingsbeschäftigungen. Aber dauernd ist das Gras alle. Und so beschliesst Max, eben selbst für Nachschub aus Holland zu sorgen. Doch was als harmloser Ausflug beginnt, endet in Stress, Gewalt und Kriminalität...

Sebastian Fesser
Highspeed Money – der Traum vom schnellen Geld

Es handelt sich um die Geschichte des Bankkaufmann-Azubis Christian Morgenstern, der durch ein unseriöses Pyramidenspiel in kürzester Zeit fast 100.000,- € verdient, diese aber ebenso schnell wieder verliert, als die Pyramide in sich zusammenbricht. Sein Job bei der Bank und seine Freundin platzen zusammen mit der Pyramide, so dass er vor dem Nichts steht.

Er übersteht den Sturz in die Sozialhilfe, in die er nach dem Zusammenbruch des Pyramidensystems steht, fängt bei einer Versicherungsgesellschaft an, wird auch dort betrogen und nun verfolgt er sein Ziel, schnell reich zu werden, immer härter. Er will an das schnelle Geld – an Highspeed Money. Er hat Blut geleckt und ist bereit, über Leichen zu gehen.

Beide erhältlich ab Sommer 2010

Leseproben und weitere Infos unter:

www.highspeed-money.de